謝旺霖

轉山

謝旺霖 著

本書謹獻給我的母親及Ｈ，因為妳們生性的敏感多愁

預先在我成長的歲月裡埋藏了一顆渴望探求世事的心

目錄

推薦序

肉身丈量：讀謝旺霖的《轉山》

詹宏志　作家

當太空人乘坐飛行器進入「外太空」（按照定義，他至少必須脫離地表一百公里），或甚至是飛往月球或其他更遠的地方，這個時候如果他回頭一望，看見高掛天空的藍色家鄉，也許會忍不住發出贊歎：「啊，多麼美麗的星球！」但我們凝視那顆星球，它圓滑平整而且安靜無聲，陸地與海洋只是色塊，連高山峻嶺與巨河大川也只是微幅的皺摺，我們根本看不見七十億人口活動的蹤跡，人類（與其他體型較大的生物）彷彿連存在的證據都沒有。事實上，你並不需要飛離地面一百公里，僅止是搭乘飛到一萬公尺高空的普通民航機，往下探望，你一樣看不到任何一個人的蹤影……。

必須用這樣的方式來理解，我們才明白個人與地球之間的相對尺度，任何個人的旅行，都是在這個巨大的地表上匍匐前進的渺小肉身，也因而都是遙遠而艱難的，仰賴器械的「旅行者」根本是無由體會的；譬如搭乘飛機的旅客，他得到的經驗只有起飛、抵達與中間的百無聊賴，他並沒有經歷任何對抗地球的「旅行過程」，如果是這樣，我們怎能稱他是「旅行者」？不要說是飛機，對於把旅行看成「自由教育」一環的十九世紀知識份子，他們就連搭乘火車都反對，藝術史家約翰．羅斯金（John Ruskin, 1819~1900）就曾經忍不住惡言相向：「乘坐火車，我根本不能把它視為旅行；那只是被『送』到一個地方，與成為包裹並沒有什麼兩樣。」也就是說，仰賴方便服務的人，不是真的旅行者。

我無意澆大家冷水（參加簡單舒適的觀光團並不是什麼罪過），我只是想特別指出，要寫出「厲害的」旅行文學並不是容易的事，一方面你要有夠厲害的某種艱難旅行，另一方面你還要有夠厲害的文學創作。在台灣，這兩種能力並不經常發生在同一個人身上。台灣也不乏有人能夠登上珠穆朗瑪峰或是更危險的Ｋ２，也有些人能穿越原始熱帶雨林或是廣袤沙漠，但他們也許並沒有可稱之為文學的創作；另外則有一些文學家，他們也許有敏銳多感的心靈或細膩巧妙的敘述能力，但他們的「旅行」（也就是行動本身）及其所見卻是非常平凡有限。

正因為如此，我內心很想把謝旺霖的《轉山》放在台灣原創的本土旅行書寫一個里程碑的位置，有兩個理由：一是這位旅行者的確有一場艱難的肉身匍匐路途，另一方面則是他的寫作充滿流浪追尋與內心反省的特殊意義⋯⋯。

《轉山》所敘述的旅行，是一位廿四歲年輕人在雪季將臨之際，隻身騎單車從雲南進入西藏的冒險故事及其內心的反省。這場高山崎路的旅行當然是艱難的，甚至是搏命的（雙腿踩著踏板一步一步走出來）；他的準備與裝備都不算太充分（書本上甚至應該貼上「小哥命大，小孩不要學」的警語），但作者有一股堅強不服輸的毅力，一種嗜苦如飴的樂觀，顯然也有相當靈活的觀察和求生的能力，他也竟然就完成了常人難以挑戰的一段旅程。作者的旅行書寫也是出色的，既有外在景觀與人物的精準速寫，也有輾轉反側內心活動的記錄，大多也都真誠可信，雖然還透著一點青澀或不平均（哎呀，那時他還是這麼年輕的小夥子），但在閱讀經驗上是令人驚奇而且滿足的。

英文「旅行」一字，travel，古時候本與折磨、受難同義，因為古人出門遠行多是不得已之事，離開家園的「舒適圈」，不免要遭逢各種艱難與風險；聖經上使徒保羅曾細數旅行的危險，他就說：「屢次行遠路，遭江河的危險，盜賊的危險，同族的危險，外邦人的危險，城裡的危險，曠野的危險，海中的危險，假兄弟的危險……。」你讀謝旺霖的《轉山》中的各種路途轉折，實際上也就看到這些保羅所細數的每種危險；事實上，旅行者所刻意追求的旅行，原來都是一種自我設定的難題，把自己投入各種邊緣危險之中，從對應裡得到修煉式的學習，盼望在旅行歸來時，成為一個不同的人。

另一個值得一提的故事，作者這場旅行得到《雲門舞集》「流浪者計畫」的資助（謝旺霖是第一屆「流浪者計畫」的得主），創辦人林懷民對「流浪」並沒有下定義，但他顯然期許並鼓勵年輕人要從浪跡異鄉的行動中得到啟發，這種「浪跡」和事先安排妥當的旅行不盡相容；你也許有一個大概的計畫，但你容許各種意外和即興發生，你甚至可以沒有任何計畫，就讓命運和靈感決定你每一天的行程。《轉山》的作者是懷抱重重心事的浪跡者，他只有一個由滇入藏的概略輪廓，其他則任由遭遇來決定，書中敘述的每一個轉折都是不可規劃的，這的確是「流浪者計畫」的最佳詮釋。

推薦序

車痕與筆跡

楊牧　作家

有人獨自遠遊流浪之餘，在新世紀的開端，下筆寫了一本書記其事，以山川悠遠為對象，行文則屢次涉及意志和勇氣的定義。一個人如何縱其一騎之單，「在陌生的空間移動」，體會到那種若有若無的寂寞，群山如何超越，百川如何橫渡，並且無情加以忘卻，為了展望未來：不知道前方相遇的會不會是死亡？你永遠不知道，或許你不知道，所以你有了繼續走下去的力。

這你即是我，是他，不是我，是旺霖。

就有那麼一天，他心中瑣瑣碎碎咀嚼著一些澎湃的詩句，或只是一些無有章法，反覆的聲音，於斷崖絕壁之間迅速滑行，遂於無限大的寂靜中彷彿淡忘了甚麼，到達一處近水的谷地，若干低矮腌髒的平房聚集在空蕩蕩無人的道傍。他記得有一本書上提到過這就是傳說裡「旋子舞」的原鄉，或許這又是一個失落了傳統的村莊罷，他想。那一夜投宿在點著蠟燭火的旅店，他作筆記追摹白日快速逸去的亡逋，過眼的河水，山脊，以及白雪，心神流轉於超越與寂滅之間。睡前他為那無邊的靜感到陌生的恐懼來襲，懊悔，甚至對此去未知的道路察覺到巨大的不安。然而這遠行的人還是有夢的，三弦琴聲裡翻轉不已的旋子舞陪伴他繚繞徹夜，早晨醒來檢有屋舍夾望的街衢上路，四處不見人影，甚至昨夜曾經為他點亮燭火的旅店，此刻，也沉靜毫無聲息，詭異若不存在於人間。

而就在這絕對的無聲狀態延續，蜿蜒升降的路面上，我們孤單的騎者穿透記憶的光影，來回設想今昔的距離，現實與幻象迎面閃擊，透明蔚藍的天把四面八方的山勢襯得更離奇，恐怖，而時間的形貌和聲息也為之走樣，好像你和他，或我，都砉然朗通，時間，不，空間尚且如此，眼前不遠是一塊矮矮篤定的石牌，一塊界碑，邊境的證物，提示結束和開始，意志，勇氣。

到西藏了嗎？你自問，不可置信地快步向前。真的是西藏啊！你放倒單車，站在那道小碑前，眼瞼垂落下來，凝看紅字印刻的西藏，舉步，定格，緩緩一步跨過它，並沒有甚麼事情發生。屏息，再跨出了一步，世界仍舊沒甚麼改變。

站在高處遲疑復果敢地試探著孤獨的腳步。二〇〇四年秋冬之交，一腳在西藏，一腳在雲南，「不禁有種失落的感覺，」他說：

你原以為祇要跨過了這一步，生命將有所不同。當跨過這一步，你或許就不是你，而是另一個真正可以去冒險犯難的人。

這樣絕決的反思，自我挑戰，宜乎就在千山萬水跋涉已了卻彷彿永無止境的旅途之最浮泛的一點，對他的心靈和體格同時揭開一層龐大的啟示。所有設下的邊界都祇為了跨越，他想：惟海洋祇能靠近，卻無從抵達。如果不想著這些，你的旅途究竟憑藉甚麼嚮導？他問。邊境已在心裡成為一道疤痕，他這時短暫企及的結論似乎就是：下一刻是一種發生，開始，結束。

所以，我們說這一切來自一種絕決的反思，不斷的自我挑戰。我們以為這其中有著意志和勇氣的定位，這樣抽象的主題，更有待行動切入加以證實，否則難道還停留在夸飾未定的表面？不知道這些放在入藏以後一波波泝洄的印象前當如何理解，而咳嗽，飢寒，和孤獨？艱困危殆後他懷疑自己的毅力投向是不是誤導，錯失了。何況這其中左右摻雜著的還是無盡的山脈提示了堅持的大自然，那永不衰竭的天地冷酷而溫情，隱約甚至有些造作，不知是真是假：或許這樣超越物我實際對抗的觀察，不足以「消解你過去，現在，未來的不快？疲憊過後，你希望一切重新帶來的是寧靜，平安，甚至一夜的好眠。」

惟有那耿耿的意志和勇氣不變。他付諸行動，維持紀律的心神，毫不游移，縱使在最寒冷疲憊的狀況下，甚至當四肢痠麻顫抖，靠近岩崖凝視怒江奔流久久，「魂魄彷彿就飄然出竅，腦海瞬間迸閃被江水沖走和慘遭滅頂的掠影。」

一直到達這個高度，惶惑恐怖，我們還相信這書涉及，探討的依然不外乎人的心神與體格之具象如何領先所有修辭文法，率性見證了旺霖在陌生，冷冷的自然天地間迂迴上升，尋找他超前的表述——是的，縱使在最不出奇鋪陳的文字風格裡，有時不免傾向報導文類的敘與議，不辭其煩地探索著耳目所及的細節，而可能教我們對他進行中的旅途因為充分參預，計議著他的季候，山勢，水流，和他遭遇的人情等等，使我們不可避免地以騎者艱難的行程，他經歷通過有形和無形的路，為閱讀中心，使我們如此切身體會著一個人之所處，他的地理位置和歷史場域交會閃光的點，至多可能連成一條想像的線，纖細，模糊，使我們感同身受處於那氣象，氛圍，或少許世故糾集復散失的緣分之中，反而忽略了我們汲求獲取的閱讀目的。這也就是說，我們必須如此貼近觀察騎者行進的方向和高度，以測量他全程的位置，在大氣和山川以及村落人情之間，而且我們也不能不於字裡行間步趨其簡繁疏密的心思，閱讀作者旺霖的書寫，設想他所從事的不僅祇為一次冒險深入異域的報導或遊記，而可能，應該還更為了文學的創作，一種風格的探索，尋求。

旺霖以文字重現旅程危殆，陰暗，和前後上下之所以不可知而形成孤獨行者的威脅。單車順山勢前行之際：

> 疊嶂的山脈輻射狀向遠方無盡綿伸，溶雪殘酷刷蝕著陡壁的山顏表層，刻出一條條鐵灰的刀疤，沿徑觸目所及盡是浮雲坍塌的印記，黑漆漆地壓在路上如深淵的窟窿，不斷追著你跑。你彷彿被逼入怎麼樣也醒不了身夢魘似的墳場。

過了一座跨越怒江的石橋，緊接著是望不透底的隧道。他寫那黑暗的洞口，無限猶豫畏懼，深怕剎那正逢岩層坍落，則天地孤魂必長佇怒江深谷無疑。黑暗中崢嶸撫壁挪步，惟恐魑魅阻路於前。出洞聽水聲兀自變化無窮，單車無故偏頗前路，若有鬼手強拽其右舷，誘使騎者向江谷滑落，最後才發覺懸壁間確有暗流沖擊反覆掀湧，使人疑心惡魔附身也在所難免：

> 夕陽逐漸沉入了地表，你失去了影子的陪伴，更增添一份冷寒與孤寂。遠方忽而傳來幾聲槍響，接著一陣鳥聲驟起，你顫巍巍地環伺周圍，四面祇

有嶙峋層疊的山谷，和你。

轉折迴旋，層疊反覆的異象令作者如同騎者甚至於日後回憶之際猶深陷疑惑，虛實難辨，即令遽爾似有天地頓開的時候，今昔恍惚交錯，彼此干預，在強烈，濃密的黑暗和無邊死寂之中，似乎還聽見些許踽踽的腳步，也許是中世紀懺悔的朝聖者遲緩行進的足音吧，如迷失的多彌尼各教士摸索贖罪的進路，在漫長的距離無底深淵裡痛苦自勵。那苦難的心血犧牲或許正是我們嚮往的，朝向文學書寫，朝向詩的完成，勢必取捨的進路，在廣大深邃的性靈之煉獄裡燎火焚燒，鍛鍊文體。

或者，也許我們還在一個無法牢記的地名指標下體會到某種隔閡的語言，一個遙遠的母系社會。同時：

月光的觸角緩緩從高崖垂壁落到樹梢，屋簷，延伸至湖面，形成一座上達天聽的皎亮階梯。四面山巒波紋般微笑環圍著黑夜裡的瀘沽湖。

月出皎皎延伸至佼人形象舒窈糾兮，使觀者勞心悄悄，本是詩發生的古典程序，則形成一座上達天聽的階梯並不違背象徵，在這不容易點明方位的小世界，所以帶一些許悵惘也是好的。何況：

堅持的你是不會失落的嗎？你其實是個脆弱的人，這一路上總害怕陌生寂寞，害怕迷路或遭人劫掠，害怕高山險阻林間野獸，甚至失速墜崖，各種危險困難的想法從未自你的腦海悉數撤離，可是這一切似乎都不足以超過讓你無法往前推進的懼怕，你怕錯過前方的甚麼。

詩的修辭文法允許其形類品物自大規模的轉山行動凝縮為抽象思維，甚至接受它超越地以邏輯推理點化你的心境，感慨，反而無視其過程與我們實際操作的方法是不是絕對契合了。

二〇一三年四月

推薦序

我們都有出走的理由了

蔣勳 作家

二〇〇四年第一次見到旺霖，是在雲門第一屆的「流浪者計畫」評審會上。

林懷民得到行政院文化獎，有六十萬獎金，他大概覺得自己生活沒有更多需要，便把獎金捐出來，成立了「流浪者計畫」，加上其他人的贊助，每年可以鼓勵一些青年去亞洲各地旅行、學習、磨練自己，也認識世界。

申請的人不少，經過初步的篩選，最後大約有二十人左右入圍面試。

其實篩選的過程是有許多矛盾的，年輕、渴望走出去，渴望流浪，渴望認識世界的心並沒有太大差別，因此，用什麼標準評審？如何選擇真正有狂熱，急迫要走出去的生命？在評選的過程中有許多困擾。

每一年獎助是有限的，我又希望更多年輕人可以得到幫助走出去，有時候會幻想林懷民再得一個什麼獎，而他個人生活的欲求還是那麼少，或許就可以多一個青年在流浪的門口獲得多一點鼓勵與支持。

於是，我看到謝旺霖坐在我的面前，個子不高，初看有點靦腆，話不多，說話速度也很慢。

他其實已經在「流浪」了，大三那年，他自己說：是因為「失戀」了，想走到可以把愛人忘掉的地方。

我還記得旺霖說話緩慢平靜的速度，因為緩慢，我可以思考他說話的內容。

要跑到多遠才能忘掉心中忘不掉的人啊！

這個沉默的青年因此去了雲南，在遙遠的滇藏邊界一個人騎著單車，經歷著他孤獨的肉體與心靈之旅。

他是在雲南接到家人的通知，臨時中斷了旅程，趕回台北參加流浪者入圍者的面試。

旺霖說了一些旅程中的遭遇，大概有點像收到這本集子中〈梅里雪山前的失足〉，他連人帶車摔下斷崖，「前輪死死卡在岩縫下，而後輪和雙腿完全懸盪在斷崖之外。」

懷民、照堂和我，都無言語，一個年輕的生命走出去了，遇到他一定會遇到的各種危險、挫折，我們或許有很多的不忍、心疼，但知道他必須這樣走下去，用自己的力量排除危險，克服挫折。

「你不害怕嗎？」我問旺霖。

「害怕得要死！」旺霖仍然平靜地說。

旺霖得到了入選，繼續他的流浪。我偶然聽到雲門的工作人員傳來片段他的消息，但大部分時間我並不記得有一個年輕的生命一個人在遙遠偏僻的大山裡騎著單車。一直到我看到出版社轉來的打印稿，包含〈出發〉的十九篇文字，即將出版的《轉山》。我正好要南下上課，把打印稿帶在身邊，沒有想到一開始看就停不下來，一個上午就著南台灣明亮的陽光，幾度熱淚盈眶，讀完了旺霖的遊記。

旺霖的文字很稚拙，沒有太多文學的修飾，他大概一旦要修飾文字，自己先就不安起來了，就像他在〈八宿記事〉裡打破了一只民宿的熱水瓶，幾度要藏藏匿匿，最終發現不過只是賠二十元人民幣的事。旺霖的稚拙來自他的單純天真，所有生活的細節如此瑣碎也如此真實，旺霖娓娓道來，用第二人稱的「你」稱呼自己，像是看著另一個「我」，有了反省與觀察的距離。

我喜歡旺霖寫的〈瀘沽湖的女兒〉，那個里格村新婚的少婦，在眾人徹夜的歌舞裡，摩梭族的篝火似乎從慾望底層勾引起古老原始的調情，旺霖不只一次說到那少婦的名字：「你還不知道她的名，因為那聲音被黃昏的風吹散了——」

我忽然想起旺霖說要到遙遠的地方，把思念的人忘掉。旺霖寫的那個摩梭族的少婦叫「松娜」，在旺霖的文字中，松娜美極了，一定是在極深情的愛戀中才能把一個女性描寫得那麼美吧！

旺霖年輕，很多事似乎還無法全弄清楚，或者他也並不想即刻清楚，他的文字就有著又像描述又帶著一點意見的夾議夾敘，但是，他每每對自己的很多意見不多久又有修正，像一個初學畫的人，畫稿塗塗改改，留了很多修改的痕跡，那痕跡稚拙又真實，比太確定太自信的線條更好。

許多最動人的片段都是旺霖自己與自己的對話，走到了大山之間，到了孤獨的極致，與自己的對話變得很純粹，那使旺霖從一個稚拙的青年一下成長了起來，有一種男子的沉穩。

我讀著讀著，忽然夢想著，或許旺霖的書會是一個運動的開始，台灣的青年讀完《轉山》，帶著書，都紛紛出走，走向他們各自孤獨的旅程。

孤獨的旅程有荒謬幽默的喜劇，像〈幫達奚大哥〉，旺霖假借一個廈門大學姓奚的學生身分，在偏僻的幫達竟然扮演起「人生導師」的角色，一種不經意的偶然，卻可能對另一個人發生一生的影響。

這本書越看到後面，越可以感覺到兩個月單車的滇藏之旅，旺霖如何逐漸成熟的心境，到他寫下〈直貢梯寺的天葬〉時，文字的精簡，敘事的深沉，細節的冷靜，使人忽然覺得那個原來稚拙的青年竟然從身體中生長出如此厚重深長的生命信仰。

是的，或許因為「害怕得要死」，才可能走到生命無所畏懼的地方。

旺霖二〇〇四年十二月三日，結束他兩個月的單車之旅，他在拉薩把車賣了。那輛單車，騎過一座一座大山，摔下斷崖，在雪地裡掙扎上坡，對旺霖是不能忘記的經驗，他把車子以一千八百元人民幣賣給另一個年輕人。

我喜歡他書的結尾，兩年後，他收到一封E-mail，那個買車的人告訴旺霖，因為失戀，所以騎了單車，一個人去旅行。

旺霖沒有眷戀他的單車，單車當然應該是讓另一個人騎去更廣闊的世界。

因為謝旺霖，我們都有出走的理由了！

我還是在夢想：台灣的青年，讀完了旺霖的書，紛紛開始了他們的出走與流浪。

二〇〇七年十一月九日 於曼谷

推薦文（依姓氏筆畫排序）

林懷民（雲門舞集創辦人）

《轉山》是這幾年來最撼動我的本土書寫。因為內容的能量，因為作者的誠實與質樸。

自行車雪季攀行西藏高原兩個月，有時「前輪卡在岩縫下，而後輪和雙腿完全懸盪在斷崖之外」，二十四歲年輕人挑戰自我的壯遊，高潮迭起，謝旺霖寫來卻是一路的自問自答。他把自己赤裸裸地展示，讓我們看到他的脆弱，他的眼淚，他的奮起與毅力，使我們跟著他拚搏，為他緊張，為他歡呼。

出發時他說，這趟旅行「可能失敗，但至少我應該在失敗面前看見自己究竟是如何就範的。」抵達終點後，「才發覺這一切無非盡是過程。」

——許久沒聽到這樣誠懇、內省的聲音了！

這是謝旺霖的第一本書，開始只是平實的記事寫景，到了最終幾章，成熟的布局經營，交響樂似地釋放出龐大的感動。

《轉山》宣告一位傑出作家的誕生。

施振榮（宏碁電腦創辦人暨智榮基金會董事長）

旺霖是雲門第一屆「流浪者計畫」的獲獎人，他的流浪計畫是「騎鐵馬到西藏」，雖然他口中這項「瘋狂」之旅一開始周遭的朋友大多潑他冷水，認為計畫困難重重，不過旺霖憑著一股年輕人逐夢的勇氣，依然跨出他的第一步。

也藉由旺霖深刻的筆觸，隨著他的單車行，帶領著本書讀者一同跨越過一座又一座的高山，與他上山、下山，不僅僅對沿途絕美的景致有如身歷其境的感受外，也隨著他體驗這種屬於年輕人才有的流浪勇氣，一種走出去的執著與勇氣。

我相信在台灣也有許多跟旺霖一樣，對未來充滿夢想與期待的年輕人，旺霖給了我們一個很好的典範，而身為「流浪者計畫」的贊助人，我也希望藉由這個計畫，將來可以幫助更多有夢想的年輕人勇敢去實現他的夢想。

郝譽翔（作家）

這是一本難能可貴的佳作！即使與國外名家的旅行文學擺在一起，也毫不遜色！

《轉山》展現了台灣六年級一輩創作者的勇氣、創意與驚人的毅力，也因此，這不但是一趟深入中國滇藏邊界的冒險犯難之旅，更是一場作者個人的啟蒙成長之旅。在滇藏——一個絕美、也是絕險的地帶，謝旺霖以細膩動人的文筆，寫出了渺小的個人如何面對大自然的山川，以及嚴苛天候的考驗。更可貴的是，他還是一個說故事的高手，成功地將自己對於漢、藏等多民族文化，以及天主教、佛教等多元宗教衝突等思考，都一一地寄寓在這趟充滿傳奇色彩的大旅行之中。

《轉山》時而慧黠，時而抒情，時而幽默，時而浪漫，時而嚴肅，彷彿帶領著讀者一同經歷了滇藏的美景，親睹到當地的人、事、物，更讓我在讀畢掩卷之時，也不禁要興起了「有為者亦若是」的壯遊之心。

陳義芝（台灣師範大學兼任教授、詩人）

沒有等高的閱歷，實難置一詞。讀《轉山》，不由喟嘆：誰能有此不尋常際遇，寫出這樣一本磁吸閱讀之心的書！

近幾年，我三次閱讀謝旺霖新作，沉醉於他筆下的風情、膽識，欣賞他一再捕獲的視覺驚奇，在峽谷山路村莊或險惡的雪地，他把流浪的眼神、輪迴的召喚、靈魂的電擊，一一銘刻，筆勢厚重，而情感的控御卻輕靈，人生之旅的象徵極其微妙。一千本書裡挑不出一本的好書，我推薦，不讀《轉山》，不能體會生命的幽邃與壯闊！

劉克襄（作家）

每個年代都有流浪，讓年輕人充滿旅行的夢想。每個年代的流浪，裡面都含有大量漂泊的因子。

在漂和泊之間，我們不斷地在尋求一個平衡點。或者，摸索一個人生旅途的著力點。

三四年級的人，年輕時，總試圖在流浪裡，追求著安定，泊中帶漂。七八年級剛好相反，流浪往往趨於空蕩，常率性地，漂中無泊。

作者的旅行便讓我充分感受到這種漂泊的極致，以及教人震懾的艱苦。好幾年前，讀到其中一篇時就大為驚駭，今日全文閱畢，更如同他騎單車上高山的心境，我這付逐漸老去的骨頭，似乎也暫時甦醒過來，隨著這樣年輕狂飆的生命，悄悄地死去活來。

駱以軍（作家）

這個人靈魂中藏著冒險遠行、類如候鳥腦葉中松果體那樣的神秘音叉。他隻身單騎，挑戰海拔五千米以上，空氣稀薄的藏地雪域。我曾分別以搭青藏鐵路、租吉普車兩種方式入藏。我的心得是：那是神的地盤！人類發展的機械科技在那冷酷異境顯得無比的渺小，何況竟以雙腳騎自行車入藏，這真令人不可思議。因為這種不可思議，因為他的質樸之心，我真誠地推薦這本書！

自序

因為，我懷疑……

大三結束那年，我失戀了。

也許這一切來得過於突然，以致我一時無法採取適切的態度去回應與面對。奮力突圍的結果，我祇想逃離那熟悉的生活現場，去尋找一個「再也沒有思念的地方」。於是那年夏天，在不顧母親的憂慮和反對下，我買了一張單程機票，飛往新疆的烏魯木齊。（五年後的某天談及此事，母親才說，那天送我到機場後，她是一路邊開著車邊流著淚回家。）

從烏魯木齊出發，北赴克拉瑪依魔鬼城，中俄邊境的喀納斯湖，西往伊犁，塔城，穿越天山山脈，轉進巴音布魯克大草原，南向新疆第二大城喀什，到帕米爾山結上塔什庫爾干的中巴（中國與巴基斯坦）邊境——紅其拉甫陸路口岸，至葉城止。似乎這樣的旅程還不夠遙遠，我繼續貿然地往西藏的方向行去。

我搭著一輛載運水泥的卡車，在世界海拔最高的公路上，連行了三天三夜。途中，因高原氣候的緣故，我嘔吐，流鼻血，發高燒，加上無法輕易休息（三位司機會輪番拍打我，怕我睡暈而命喪），幾乎半程的時間裡都失去了清醒的意識。不過，最後仍有驚無險地抵達了西藏西北阿里地區的首府——獅泉河。

在那高寒偏遠的地帶，我頭一次體會，身體的狀態原來是可以主宰心靈的。每天，我都必須為了生存而搏鬥，注意力多數花在抵禦間歇的高燒，頭疼，或為了下一餐下一個住宿地點而憂慮，眼前大好的美景似乎永遠是身心俱疲的襯景。有次夜裡，我恍惚間，竟誤喝車上飲料罐裝的汽油，因此更加重了高原病情。

更險的一次是在岡仁波齊峰參與藏族的轉山儀式，我和同行旅伴遇上冰雹，仍硬撐走至天黑，她竟體力耗竭失了溫，歇斯底里哭喊著：「我不想死，我要爸爸媽媽，我要回家，救我啊救救我，我不想死啊！」無助哭泣的嘶喊響遍整面漆暗的山谷。幸好不久之後，先行到達營地的隊員，返回尋找我們，即時解救了這場危機。後來這位旅伴經過換裝，烤火，叫喚，餵食紅糖水的狀況下，漸漸甦醒（否則我將罪責一生）。而我似乎也體會了一場死亡的迫近，瑟抖於帳棚一隅，凍得慘白的雙腳，被一位好心的湖南姑娘捧在她的掌心取暖。

跋涉了數千公里的路途，我還是找不到那所謂「沒有思念的地方」。有天午間，獨自散步在拉薩的街道，我突然想起學校即將開學，而我卻尚未辦理註冊事宜。正當想起這件事時，腦中關於校園景物的記憶，竟悉數被抽離了。我不禁張惶地蹲在路旁努力追想，又赫然發覺，不祇是校園，連曾熟悉的城市的顯影，也不知在哪一刻裡，悄悄地溶解了。

意外的「失憶」，使我豁然了解，「人原來是可以『忘掉』自己的。」想著想著，隔天一早，我立即背起行囊離開西藏。接著經青海，甘肅，四川，然後徒步長江三峽的古棧道，結束近三個月的漂流旅程。

從西藏歸來，彷彿有個隱約莫名的啟示，將自己看得更加真切且明白一些。雖然我仍不知道我要的是甚麼，但至少確認我不要的是甚麼了。我決定完成政治與法律雙修課業後，轉往文學的道路。不管這條路是否可行，我想，我已能，也願，承擔人生重新再來過的風險了。然而，不但周遭的師長和親友始終質疑，暗地裡我也反覆地質疑自己，這樣一時轉換的信念和決心，到底可以撐持多久呢？

拿到「無用的」高標成績畢業，我頓時又陷入一片迷茫悵惘的感覺，於是我又想放逐到一處不受干擾的遠方。一場文學的秘密結社裡（學長的作家女友曾「虧」我們是一群「空言」的傢伙，她說：文學不是光說，而是要不斷用寫作去實踐的），中文系學弟向我提起：「『雲門舞集』正有個甚麼計畫，反正給人錢去旅行的啦，聽說申請挺簡單，你那麼喜歡流浪，應該去試試才對。」

當晚，我上網查明相關規則，不禁大失所望。雲門「流浪者計畫」所要徵選的是：「三十歲以下從事藝術工作的青年。」我看了一眼，就放棄了。

接下來幾天，忙著準備行李，我卻仍然惦念著這個「免費出國」的計畫。終於我很阿Q地說服自己去申請。理由是：雖然祇符合三十歲以下規定，且不是甚麼文藝青年，但去應徵了，不就認可自己是了嗎。「暗爽」之餘，匆促選出幾篇大學時期寫的詩文，草草填完資料表格，並在「流浪目的與行程安排」一欄，突發奇想地擘畫了一場「騎鐵馬到西藏」的「瘋狂」之旅。心裡儘管認定不可能會被選上，但下筆「亂寫」的一瞬間，卻有一種淋漓高潮的快感。投完稿，我便踏上那沒有任何目的地的中國之行了。

拜訪沈從文的「鳳凰」，貴州苗族侗族大小寨子，黃果樹大瀑布，走進雲南昆明，大理，劍川。一個半月後，我輾轉到了麗江，「流浪者計畫」初選的消息才遲遲揭曉，我竟然進入初選。本想繼續前進，但猶豫再三，還是中斷旅程，趕回台灣參加面試。又過了半個月，從報載得知自己獲選的消息，當下的無助與不安卻遠遠超過了欣喜。因為我以為那織夢般隨便說的寫的流浪計畫，都祇是遙遠的囈語，無聊喊著玩的鬧的而已。如今，它卻即將成真，對我而言，這簡直就像「狼來了！」的故事一樣「糟糕」。

礙於兵役徵調的麻煩，我被迫祇能在二〇〇四年秋季出發。一個多月的準備期間，我請益過的所有專家們砲口一致反對這項莽撞的規劃。他們大抵的看法是：「找死啊」，「天氣太冷了，你不可能忍受得了西藏酷寒的氣候」，「你的經驗不足，準備不夠，無法因應突發的危機」，「你根本沒有長途騎行的經驗，騎單車，可不比登山輕鬆。」（那時我並無真正「練過」每天十個小時卵囊下持續頂著石頭的滋味，不然我可能更審慎考慮放棄也說不定。）

出發前，我編了不少謊言，甚至必須小心隱藏自己內心的焦躁。我不敢告訴母親旅途的實情，儘管不說，我卻知道，不論我做或不做甚麼，她都還是會一直擔心著，我祇能設法不去想它。住在另一個家中的父親說：「甚麼？想玩想瘋啦，騎單車，你腦袋真的壞啦！」他不知怎麼轉述給他八十多歲的老父親聽，竟使得阿公有一天問我：「啊你甘有機會拿金牌轉來？麥漏氣喔～」

當一切再也沒有轉圜的餘地，我似乎感受到這躁進的舉止，或說機會，也許是人生中一環扣著一環，一波推著一波，逐漸連綴成的□□，而非你突然要它，它就來了。說不定未來將發生甚麼事早已冥冥註定，總之，與你過去的所為所思無法脫勾。我在相信與懷疑之間擺盪：最後的結果可能失敗，但至少我應該在失敗面前看見自己究竟是如何就範的。

兩個月流浪裡，從雲南麗江為始，到虎跳峽，瀘沽湖，折回麗江後，北上中甸，德欽，佛山，進入西藏鹽井，小昌都，芒康，竹卡，左貢，幫達，八宿，然烏，波密，通麥，東久，魯朗，林芝，八一，巴河，八松錯聖湖，工布江達，松多，日多，墨竹工卡，達孜，止於聖城拉薩。山是永遠眺望不盡的玉龍，哈巴，白馬，梅里，紅拉，拉烏，覺巴，東達，業拉，安久拉，色季拉，南迦巴瓦，米拉。水是永遠俯瞰不及的金沙江，瀾滄江，怒江，雅礱江，雅魯藏布江，拉薩河。還有更多更多不知名的山脈，流水，湖泊及村落，和最美的人情。

走過那麼多地方，而我卻記錄那麼少。這段期間裡，生病過，恐懼過，失落過，軟弱過，任何的挫折與不安，孤獨與絕望，幸好都沒有全然阻斷我的行進，追究到底，如果不向前行，種種負面的情緒和現實狀況，也依然會催逼著我的心理與生理，將我撲倒在地。我不過是在一切的試探和比較中，琢磨出一個似乎不得不然的步伐。那麼，那些曾經有過的反覆憂憫，淒寒悵惘，灰心沮喪，似乎現在看來，最終也是凝聚在這趟行腳中的一個重要部分。我懷疑，這趟旅程根本沒有所謂的「勇敢」在支持自己朝著未知的可能無止無懈地挺進。

十月六日出發，十二月六日歸來，十二月八日的入伍徵召令，幸而被及時的預官報考給延後了。又三個月後，兵單再來，又遭研究所入學考試擋下。並非刻意，且原本打定主意七月就要入伍從軍，最後卻幸運進了文學院的殿堂。說不出為甚麼，彷彿每到西藏一次，我的人生就有那麼一點出其不意的改變。

從內向轉外放，從寡言變多話，有些舉止的變化似乎來自西藏旅途裡，向人討吃討喝討住（或騙吃騙喝騙住）學來的，或者，我根本就是這樣一個人，又或者，我在創造另一個新的可能的自我。最明顯的變化是，過去我長期缺乏的自信，好像長出了一點甚麼，彷彿緣於「看重」曾經兩個月裡全心投入孤獨和貧困的生活，於是覺得以後對於文學的道路，自己將可以堅持得更久更長一些了。

西藏的旅程比想像的遙遠，卻又靠近，它不僅祇是時間和里數的累積，也是纏祟在腦海的幽靈。兩年多來，我利用課餘和工作之暇，斷斷續續書寫這趟旅程的散文，先是一篇一篇無法連貫的破碎記憶，後來有段時間裡，我竟開始躲避它，畏懼它，因為時空的距離已然把我拉得太遠，以致書寫過程總遭遇極大的難題：過去的時間，空間，事件，和我過去的觀點，行動，感想；現下的時間，空間，記憶和意識，知識的層層累積；文本本身蘊含另一項透明的時間，空間，穿梭的敘述與跳躍的節奏。有形無形，在在化成一道道難以跨越的鴻溝。

儘管我嘗試用現在重返過去，設想回到過去現場，追逐，逼視，重組歷史，事件，人物，地點，時間等等，但實然的距離已留出一片想像的空間，讓我有意無意錯置或忽略了原本的時空和情事的樣貌，而這種種永遠的落後，再落後，便可能遠離了原本的真實。我該如何忍受自己的書寫「失了真」呢？

記得有一次，隨著「雲門舞集」南下高雄做義工。滂沱的雨夜裡，約莫十點多，返回旅館途中，遇到了林懷民老師，他邀我一同晚餐。心目中的大師輕鬆地坐在一旁，我卻拘謹危坐著，感到頸臂僵直得像條鐵鋼。我們談了些許西藏和創作的事，他說最喜歡在大昭寺前觀想那些虔誠的芸芸眾生，話鋒一轉，「在西藏，不能不抽菸啊！」我豎起耳朵認真傾聽，心裡暗想著那可能意指抑制肺活量以適應高原缺氧氣候較為舒活的方式之一。他接著一聲長吁，傻在一邊的我當時並未繼續問明「不能不抽菸」的原因，但那無疑是我得默默追究細心體會的問題。

飯畢後，老師從褲子口袋裡拉出一團團皺得發窘的紅色紙團，一張張攤開，我才辨識出那竟是百元鈔票。我那時的確擔心過——老師雖說要請客，可不會帶不夠錢吧。那樣的情景，讓我不禁又受到一次震撼，堂堂的大師，對於必需的生活事物竟毫無留意，或者他已把多數的心力與財富「揮霍」給我們這批「流浪者」了。

對於寫作，我時常感到焦慮。經過大師「震撼」教育後，我做了些反省，並發現我的焦慮一天比一天巨大。這樣的焦慮也逐漸滲透到不寫作之時，兩相激烈拉扯，終於有一天，我領悟到「不寫」的焦慮竟遠遠超越「寫」的焦慮之後，也祇有去寫了。仔細探求寫與不寫的焦慮原由，這或許表明我已然期許用寫作去關涉或釐清某種的社會意義與責任，而非朝向個人化的虛無妥協。

再次落筆，似乎放得更開了一些。我了解，旅途本身不會再次重複，重複的祇是我對它無盡的想像，還有那些曾遭受旅途影響而已然誕生在我生命裡的意義；往下思索，過去的意識與現在的處境不同，我很可能在有意無意間把現在已變化了的我，拿去頂替從前的自己。這也許才更關乎文學的「真實」吧。有時，經歷一段書寫與對話，似乎同樣的對話或感受也會在我的現實生活中次第展開。到底是我在寫一場旅途，還是旅途來銘刻我，甚至揭發我？曾經，在那遙遠的過去時空裡，發生過的事件輕得宛若一片雪，彷彿我不再竭力去追憶，探索，和叩問，一切都不曾存在過。

這本書包含〈出發〉的十九篇文章，幾乎就在這樣的歲月，不斷地自我懷疑，推翻，憂懼，肯定與失落的狀態下，跳跳接接完成的。開始並無先後組織的安排，有的篇章似乎能一氣呵成，像瀘沽湖，行路難，柔軟的時光；但有的篇章如朝聖，天葬，紅塵的主題，竟使我反覆思索了一年有餘。（現實生活可這樣跳接綴補的嗎？）直到最後一個月，我才知道自己並非在寫一篇一篇的散文，而是寫一大篇長長長長的散文，這也不是寫西藏的文章，而是寫我心底流浪的文章。寫完這本書最後一個字，審閱最後一次，我不禁懷疑，過去的那場失戀是真的嗎？那場流浪的冒險旅途是真的嗎？這些文字果真夠格付印成冊？我懷疑，始終懷疑這都祇不過是一個長長的夢而已。曾以為自己追尋的是某個目的或終點，驀然翻身後，才發覺這一切無非盡是過程。

到現在仍有許多人問我，為甚麼放棄法律的路途，不怕「餓死」嗎？當然怕啊！但也覺得若是甚麼事情都肯苦幹的話，真要餓死也不是容易的事。我知道自己斷然選擇了一條可以不計代價，得失，且需專注以赴的道路。生活種種取捨之間，我才剛跨出了第一步，而這一步卻幸而能有那麼多人的支持與鼓勵才得以促成。

特別感謝林懷民，蔣勳，張照堂三位老師所給的一個試煉、提升自我的「流浪」機會；還有「雲門舞集」的晴怡，在每篇作品付梓前，予我最嚴格又最溫柔的把關和評鷺；善良熱情的芯羽鼎力的精神加持；秀娟姐時常為我保留一票難求的表演藝術座位。也謝謝遠流出版公司副總編皎宏，容忍我的拖稿還時常選書送我；小說家李崇建珍貴的友誼替我構築不少寫作的信心。最無以言謝的是，待我如親人的東吳大學英文系馬健君老師，要不是她提供外雙溪的家居，讓我每年暑期得以心無旁鶩地埋頭寫作，這本書的完成根本遙遙無期；以及法律系吳博文老師長期的情義灌頂。當然還包括我親愛的家人們。儘管我時常懷疑自己存在的價值，反覆尋找生活的信念，但我深深明瞭你們對我的愛與關懷，我從未懷疑過。

寫於二〇〇七年十月

出發

出發了，就是準備好了。

請容許我把時間往前挪一些，讓它落在夏季柔軟的麗江。

當時我正從雲南劍川縣初抵麗江，電話那頭的母親就急切地說我通過甚麼甚麼的工作徵選，兩天後即將面試，要我儘快回家。我那時還以為母親單純是因為寂寞和思念的緣故，或者受到某詐騙集團誆騙了，所以才這麼說。

後來，透過姊姊再轉述，終於確認原來是我出國前所提交的雲門舞集「流浪者計畫」初審通過了。可是我卻感覺不到任何的欣喜。因為早在那四天前，我駐足大理整個禮拜，就是為了等待這消息，以備隨時能動身折返，但這一切竟都在我已認定石沉大海，決心把自己放逐到一處更遠的他方後，才斷然揭曉。我不禁想著，還有回頭的餘地嗎？

子夜時分，麗江的夏雨初歇，古城裡的喧鬧總算告一段落了。似乎祇有我還依然清醒著，坐在青年旅館四樓的庭前，憑欄眺望，溫習月夜屋瓦飛簷上的柔光。菸一根接一根點燃，我知道我在等待，等待內心任何一股蓄積的拉力，超越對方，而我將聽從它。如果順著旅途繼續往前，我會怎麼樣？如果就此中斷旅途折返，我會怎麼樣？我仔細揣想著各種可能，設法維持內心裡雜亂的平衡。

隨著天光破曉，終於——終於有一種寧靜的聲音彷彿對我昭示——西藏就在那裡。對，它就在那裡。絕不會因為我這次中止造訪，而失去它原本存留在我心中的意義。祇要它在那裡，我知道，有一天，我仍會找到它。這瞬間迸出的想法對我而言——西藏的路途便是一種綿長的篤定，或者一種遙遠的信仰。原來，我更想追求投身在一場環環未知的情況裡，對於那種未知的追究，可能是充滿冒險的，發愁的，也可能是一無所有的，但那又如何呢？

整個早上，我都在等著民航售票點的經理，看他能否幫我搶佔一席離開麗江的機位。但事情過於突然，以麗江為始點的機票，於火熱的旅遊旺季中，根本一位難求。最終經理與我商量出唯一的方法是，嘗試搭乘當晚的臥鋪車到昆明，然後搭飛機到香港，再從香港飛回台灣。可這樣一來，我必須獨自承擔車行途中可能遭遇修路阻礙的風險——如果我無法順利在十三小時之內，抵達五百多公里外的昆明，那麼我將錯過當天昆明直飛香港的班機，甚至連重新購買的香港至台灣機票也得作廢了。

來到麗江尚不及一天，晚間八點，隨著三輛載滿人和牲畜的臥鋪客車緩緩駛出車站，我要離開了，揮別這一個多月浪蕩的旅途中，感受最美好的一處地方。我不知道將闊別多久才能再次回到這裡。司機說：「路況好，十個小時便能開到昆明，否則十四、五個小時也算稀鬆平常勒。」我很意外自己聽完他的話後，心情還能出奇的平靜，或許我能做的，該掙扎的，都已努力過了吧。剩下的，我再怎麼擔憂也無用。

黑夜裡，一聲巨響隆隆在耳邊擂起，睜開眼時，客車依舊無恙地行進著，所有乘客也還安穩沉沉睡著。車窗上有些細細斜斜奔竄的水珠，突然，幾道青白鋸齒狀的電光劃破了夜的帷幕，旋即數聲天際悶在胸口的雷響，我的心頭接著一揪，嘩喇嘩喇，開始下起磅礴擊地的大雨了。不穩定的天氣，不確定的路途，我躺在顛簸晃搖的車鋪位上，彷彿作夢一樣，對窗，默默對著那鏡面反射半張輪廓的自己說，該是你的就是你的。

「當我出發時，我才會知道我已經準備好了。」這是我回答林懷民，蔣勳和張照堂老師所提問的一段對話。面試完的兩個禮拜後，我意外被告知成為了首屆「流浪者計畫」徵選的得主之一。

然而，這卻是我焦慮的開始。我該怎麼準備這趟旅途？它絕不像以往我可以隨興拎著登山包的旅行，走到哪裡算到哪裡，或在路邊等看哪輛車先來便由它順道把我接走，如此簡單。

因為兵役問題，迫使我必須在未收到兵單前啟程出境，行前準備的時間，便僅剩一個多月。九月的台灣暑氣逼人，那九月的西藏呢？我預計在西藏度過十月，十一月甚至到十二月，翻開海拔三千六百五十八公尺的高原拉薩十一、二月的均溫表，皆在零度左右。未來，我將有大半的時間勢必都得待在比拉薩更高的地域，照一千公尺下降六度C的法則，想來不免就令人覺得「心寒」。想像可以滲入頭腦，卻無從透進皮膚。

我試圖遍尋各種管道，向各方的專家請益，重新再學習單車的組裝，拆解，補胎，換剎車，打車鏈條等等。

一日，學長打電話告訴我，他有一位友人的父親在經營專業品牌的登山用品店，要我去那走訪看看是否能獲得一些充足的建議或補助。我滿懷期待地照著指示去了，登山店老闆一劈頭就拿他三十多年的專業經驗訓誡我：「你此行像去送死。」他又說：「你父母知道嗎？支持嗎？十萬元，根本不值得你走上這條路。……起碼要二十萬，……沒錢就向父母先借。早幾年我生意好，還可贊助你一些產品，不過……，現在我祇能把店內你需要的配備，以成本價賣你。」

我完全沒想要佔他這樣的便宜，而是希冀從那獲得一點心理建設和肯定。一件動輒一兩萬元的衣服，五六千元的汽化爐具，即使我勉強有這筆資金，卻根本買不下手。學長的友人在一旁勸我：「我爸其實是個心直口快的人，沒有惡意。他說話很實在的，你要好好考慮。」我謝謝他們，碰了一鼻子的灰，沮喪地步出門外。我想我能夠理解他們所謂「舒適」「保命」的配備是怎麼一回事，但真要執行那種觀念，祇會令我更覺得落寞和不安。我亟欲拒抗這種「有錢」買來「專業」「安全」的想法，另一方面，我也懷疑這是否祇是自己無知的偏見使然。

兩天後登山店老闆主動聯繫我，說他透過登山協會理事長那裡介紹了一位環遊世界的專業騎行者供我諮詢。老闆便載著我和其他三位湊熱鬧的山友一同到了龍潭。C先生拿出一本他寫的西藏旅遊專書讓我們先傳閱，似乎有點推銷的意味。他說：「我剛從雲南回來，本想包車進西藏的，但這次車在白馬雪山前遇上大雪，等了幾天大雪沒停，祇好放棄行程返回台灣。如果你這次準備騎單車，白馬雪山將是你入藏前遇到的第一座大山。」我點點頭，不知如何啟齒。整個會談上幾乎是登山店老闆代我問話，彷彿他比我更加關切此事。我祇像個稚嫩與無知的孩子。

C先生建議我此時最好不要貿然入藏，他說：「汽油四輪都不敢成行了，你還想騎著單車的兩輪去？」我聳聳肩，試圖轉開話題，提起一位剛騎過滇藏、中尼（西藏到尼泊爾）路線的騎行者的名字。他說他也認識，而且略帶嘲諷的語氣：「那個瘋子，也騎過不少個國家。前些日子，我與他喝酒，問他這次感想如何。他就坦承說：『滇藏的路夠嚇人的，能全身而退可真算走運。』你選擇了一條專業騎行者都覺得非常艱困的路。何況『你』——。據我所知，台灣騎過那條路線的人，應該不超出五個。」我臉上呈現僵硬且呆滯的模樣。

我的確無從與他們相比，更無從傻氣地向他們說出：「你們騎一天，我笨，我騎兩天三天總可以了吧！」我想儘快逃離這樣的現場。我開始感到自己的決心已在他們一點一滴的勸誡和警告中，逐步地潰散流失。「對啊！對啊！」反對的聲浪一面倒，我像個笑話。我啃著小指頭默默不語。他問：「你到過西藏最高的地方是哪裡？」新藏公路上六千七百公尺的界山大阪（我說）。他笑稱那是旅遊書上吹捧出的高度，不過，也算一種難得的高原經驗，對這次旅途應該有所助益吧。熬到最後，他建議我如果執意要去，不妨換個想法改騎青藏公路（青海到西藏），因為那裡祇有一座難度較高的唐古拉山口，地勢且相對平緩簡單，「不然，你真的要拿命去賭了。」

接著幾天，我祇要一望見牆上的西藏地圖，便出神地想著改換路線的事。為甚麼？為甚麼我要因為他們的話而改變呢？為甚麼？為甚麼他們能，而我卻不能呢？我至少應該親身經驗那究竟是一場多艱難的路途後，才有資格談放棄吧！否則我不甘心。不甘心。但同時我也開始萌生了退意和各種可能推遲旅程的想法，祇是不敢對人言說，我怕此話一脫口，我將被自己徹底擊敗。

每天我仍持續加重單車的負重載量，從中壢出發騎往龍潭山區，再轉楊梅，沿省道回家。我時常懷疑自己究竟為何被選上？既無才華又無壯志，祇憑藉著一點點膽敢的故作堅強。面對那些一直向我來電「道賀」的友人，我總是真心且坦承地回說，或許我被看中，不是因為我有甚麼才華，而是緣於我敢用自己的生命去換取這樣的旅程吧！

一日午後，太陽狠狠地照在頭頂，我喘氣默數著踏行的轉圈，穿梭在馬路的車陣中，突然發覺身側後有一輛摩托車似乎在跟著我。正當我立身想加快腳步，摩托車跟了上來，一位男子微笑地伸手遞出一瓶舒跑。「給你，」他說。他的眼神再次明確示意，我遲疑地接過那懸在半空中的保特瓶，一股透徹的冰涼像把手掌窩入冷霜裡。我們於是放慢速度，並肩同行，他說他已尾隨我許久了，看著我車上的行裝和汗流浹背的樣子，便忍不住去便利商店買運動飲料想請我喝。我一邊踏，一邊仰臉大口灌下這突如其來的冰泉，才恍然知覺自己真的渴了。

「很羨慕你這種刻苦的騎士，我年輕時也幹過這種事情喔！」他逆著陽光說。聽了他的話，我心裡剎時有陣衝動希望與他再多談些甚麼。然而，我們的車都祇是慢慢地往前滑行，沒有停留。在第三道路口前，他驀地舉起了右手的拳頭，像軍人打殺的氣魄般對我高喊著「加——油、加油」，便揚長而去。沿路過往的人車都不禁好奇回頭注視著我。

頃刻間，我不自覺笑開了，忘記那過去與即將未來的，心底卻漲滿一陣酸楚。

我訂了機票，讓這一切更無轉圜的餘地。我不再去想自己是基於甚麼理由而被選中，我祇需要相信這其中勢必隱含著層層未能覺察出的寓意就好。一想到準備踏入西藏的旅程，我整個人就控制不住感覺輕飄飄地飛起來了。我可能踩在天際上，也可能埋沒在大雪中。

妹妹在午夜撥了電話給我，說她幫我在自行車店拿資料時，聽聞大夥正在討論剛騎過滇藏線的那個阿光的感想經驗……，所有人都擔心我能應變的狀況，「你不要去，不行嗎？」「為甚麼你要那麼固執呢？」她第一次帶著斥責的語氣對我說話。我頓時惱火了一連回說：「妳『懂』甚麼『屁』啊？妳不要管我！我知道我自己在幹嘛！不用妳來管。」

不由她再答話，我把電話掛掉。我了解自己是個很容易被各種人世情感牽扯的人，所以我時常在他人面前裝出冷漠和高傲的態度。但，每每獨自回過頭來反省，我又會深深疚不已。我害怕別人對我的關心（儘管我是那麼需要它），就連親人也是一樣的。

隔早，自行車的店老闆撥手機告訴我，說他自從為我組裝單車後就感到不安，再聽我妹妹一講，他實在放不下心了，「可不可以不要去呢？或至少避過冬季，延到明年春季，給自己多一點時間訓練吧！」這次我似乎想通甚麼，婉轉且平靜地回答：「不用擔心。我向你保證我不會勉強冒險，做出超過我能力範圍的事情。我一定會安全地回來。」我知道自己再無可退了。

唯一還不知道單車旅途一事的是我母親。她一直是我生命中最難以割捨的人，也許這其中一個很大的原因在於——她也是一個人。記憶裡有段成長期間，與她斷了音訊，國中畢業後我也離開了那個「家」，開始自己的外地求學生涯。後來，不知是她找到我，還是我找到她，亦或是親人彼此間相約的宿命，總之，我們回復了緊密的聯繫，但始終還保持著相隔兩地。

每當我步上長途旅行時，母親總會說：「不要去太久」，「不要怕花錢」，「不要揹太重，把背給揹壞了」，「要找朋友同行」，「要吃營養一點」，「要輕鬆些，要睡飽一點」……關於這些種種，我都瞞著她口頭上「做」到了。但她彷彿知道我根本沒有做到，才時時對我耳提面命；又或者，這根本是一位母親對自己的孩子永遠都要說的話呢？

我拿了一萬元塞在母親掌中，對她說：「這是我長那麼大以來，第一筆孝順妳的薪水。」我笑稱真好，天底下真有那麼便宜的事，一畢業人家就肯給我十萬元，去遊山玩水做一些很輕鬆的記者採訪工作，「有吃搆有賺喔！」

我母親則鬱鬱地回答：「這次又是去那麼久，早知道就不要叫你趕回來了。啊！我怎麼收得下你賺的錢。你有心拿給我，我就開心得要死了。」她撫撫手中的錢，要我先把它收著，便急忙轉過身說，去一下廁所。

離開時，母親問我到時要送我去機場嗎？我怎麼敢讓她看著我拖了一輛單車出國，祇好回說爸已經答應載我。她輕嘆了一聲，沒有再多爭些甚麼，祇又說：「記得常打電話回來。」不知為何，我第一次感覺自己竟對她充滿著不捨與歉疚，也許是出於一份對她的擔憂吧！關起車門，突然，我似乎有點理解了，長期以來，她也是這樣擔憂著我，懸宕，寂寞，焦慮，等待。我的心再一次收緊。

最後一次騎行練習是在我步上飛機的前兩天。我從中壢騎至新竹拐向濱海公路到台中，騎了近九個小時，灰頭土臉的，胸口前的衣服堆滿了白色的結晶，兩臂與頸後曬傷紅腫，胯下已磨得破皮了。我在眾人面前絲毫不敢叫苦，不敢露出疲態，因為那即將到來的勢必遠遠比現下所受的一切，超過幾十甚至幾百倍。即使如此，我知道，這條路終歸是去定了，不管我準備的如何七零八落，「出發了，就是準備好了」，所有來得及與來不及的，都將在出發時一切就位。

你說：「翻過這一頁，英雄即將起身。」但我的這趟旅途，絕不是以雄心壯志為——起點。

之一

柔軟的時光

你起身走出閣樓外，憑欄吸菸，
對空遙望，和著透白的煙氣，
你的指尖探入銀河深處，
用抽象的線，
把錯落的星點連成一體。

一下飛機，K就嚷著頭暈，約莫是高原反應的作用。你拿出一劑增血紅素的藥錠給他服用，自己也吞下了一顆以備心安。之後，你們在冷清的航廈前，等待著發往麗江大研鎮古城的最末一班公車。

子夜時分，雨依舊下著。入秋的微雨，使麗江一雨成冬。你和K各自背著行囊，還合力扛起一輛裝箱的自行車。K沒走幾步路，便央求停下來休息，其實你也喘著，祇是努力地裝作鎮定把氣虛壓下而已，你不想在首站二千四百米的地方就暴露出自己孱弱的窘狀。

暗黑中，撐傘的婦人遠遠走來，趁機問你們：「要住宿嗎？」K濕著髮額無語地望著你。你有點煩躁地回答，不用，已訂好房了，急著想擺脫她。她仍繼續爭取，連忙叫喚杵在對街吸菸的丈夫：「喂！來幫這倆小夥子扛箱啊！」不管你如何推託，他們就是直嚷嚷說：「看看就好，看看，不滿意，包再幫你換到你指定的地方。」K放下他垂軟的雙手，將箱子一端交給那操著東北口音的男人。你也不好再堅持甚麼了。

你一向認為在街頭上攔街叫宿的，十之八九肯定是些投機的店家。跨進三坊一照壁家庭式的小客棧，男主人不先領你們看房，你們卸了行囊，他便遞菸，倒茶，喚著他的妻去熱幾個東北大肉包。四顆蓬鬆白軟的大包子端上，你勉強噙住口水問，這房錢兒怎麼算？女主人緩聲道：「放心吃吧！不收錢的。」該算就算吧，你說，怕他們把額外的服務加碼在房價上。男主人吐著煙氣，露出一口黑牙：「小夥子，給你圖個最省的，標間（指裡頭有衛浴設備），一人二十五元。二十五行嗎？」價錢尚可，但熱包子咬下去嘴軟，你開不了口拒絕和殺價。

聽說今年滇藏沿線一帶，雨季特別的漫長。

隔床的K已經睡去，你竟輾轉翻覆難以成眠，便倚著枕頭坐起，回想一天的由始至終，從台灣，飛香港，入深圳，轉機麗江。你拿出簿本，想著想著卻甚麼也寫不出來。你必須設想一個對象，然後才能開始說話。

你開始專注地豎起聽覺神經，聆聽那細雨淅瀝的腳步匍匐在窗外的石階，簷角和風鈴，而後彈躍至窗櫺的眼線上，秘密窺探著；還有些雨水自屋簷的承霤匯聚引落，輕盈地歌唱，像是舒伯特的音樂，舒緩，易感，富有節制的想像。

三天來，你和K就住在這幢名為「龍X」的客棧，納西式仿古建築，樓高兩層，全為木造，一共六個房間。老闆夫婦倆來自東北，男主人說，沿房外這條街的客棧，幾乎都是他們東北老鄉所開，且大家不約而同都取了「龍X」甚麼的店名。因而古城裡某一條青石板街道，真有那麼一條東北的龍脈蜿蜒盤據。

與他們混熟了，你便叫起滿面皺紋的當家——大爺，他老婆年輕許多，你卻不論輩分地喚她姨。你依然被稱台灣小夥子。偶爾住客來，大爺總將客人拉到你的面前，看你這準備獨自騎單車進西藏的台灣小夥子。你注意到店裡唯一的服務員小妹，是因為聽到姨每每那番嚴聲酷吏般吼她，但轉身一見你就變成慈和的婦人了。你不禁有點同情這十六歲的長工小妹，每月領三百五十元——所有雜務必須一肩擔下，她住在大門旁櫃檯後的一間祇容得一人鑽進的櫥櫃裡。二十四小時的守門員。古鎮的宿店，大多是這等自鄉間來的稚嫩小工，刻苦且宿命。小妹最常對你說：「怪奇怪的，從來沒聽過有人會說那麼多的『謝謝』。」笑得眼睛總小得瞇成一線。

K很喜歡麗江古城的懷舊情調，這是他第一次自助旅行。你與K相識十多年，他不久前才卸下替代役職務，學校老師們還為此特別頒發匾額褒揚他的認真付出。你籌備流浪計畫時，K信誓旦旦說要跟上你一段路，學習如何過耐苦冒險的日子，以備日後出社會之用。K的出現，分擔了你超重的飛航行李，你承諾將帶他在雲南境內見識些不同的風景。

但三天來，你幾乎祇是走路，迷路，不停地穿梭在市集人群中，對琳瑯滿目的商販，美食，酒吧，收門票的景點，全不感興趣，而偏愛停佇某個偏僻的巷弄或荒蕪的廢墟，不然就回到旅棧的庭院，看書，發呆，抽菸，仰望著簷角，沉緬於自我的情緒裡。有時K會獨自外出遊蕩，但都撐得不久，每當你看見他返回旅棧時，都覺得他有種莫名的寂寥和惆悵。

你們總一道吃飯，可不在古城裡，常得繞上大半個小時出城，祇為了便宜半價的飲食。麗江古城，隔著一條外環柏油馬路，與新城相對。新城全為一派現代的水泥建物，其實古城也並不算古，一九九六年麗江地區遭遇芮氏七級大地震，古城內建築泰半傾頹，隨後九七年，聯合國冊封它為「世界文化遺產」，便造就這座古城兩三年內以驚人的速度重建起來，彷彿恢復了它在舊時茶馬古道上的榮光。雖然這一切似乎都是為了發展觀光產業，可又有甚麼能置喙的餘地呢。古城處處仿古，大多觀光化了，你也仍是喜歡它，不過祇限定清晨與深夜時分，散步於濕漉漉的青石板路上，能聽見細密的渠水流經的時候。散去人潮的大研古城，似乎就真的變老了，老在無人的擁擠相伴，晚年的淒清。

古城的水泉，源自玉龍雪山上。你決定帶Ｋ去虎跳峽。

那裡據說是飛鳥不敢回望的地方。金沙江居中，自西而東，忍痛下切，切分了南面麗江縣區五五九六米的屏障——玉龍雪山，與北面中甸縣區五三八六米的哈巴雪山。

在橋頭下車，你們馬上遭到當地嚮導們包圍。你自顧地走，幾位嚮導緊追在後威脅，沒他們帶領你們肯定會迷失的。入口處沒人管收門票，祇有看似管理員的人擋在路中，說裡頭封閉了，因為不久前落石才砸死一整車的遊客，現在峽谷內在整治，如果你們執意要入，安危就自行負責。你硬著頭皮，略過Ｋ臉上的難色，決定闖闖。在沿著江岸路線與岔去山上的路口前，你詢問Ｋ想選擇哪條路，故作分析說，低路好走三十多公里，但有落石可能，而高路得翻山越嶺死命地爬。他選擇低路，你倒也鬆了一口氣。於是你們順著低路東行，又有嚮導騎馬追來嘲諷你們絕對到不了的，說得K憂心忡忡，你的士氣似乎也有些動搖了。

頂著烈陽天，天空蠻橫地養著幾片雲朵，然後漸漸地，兩岸山勢逐步朝中線靠攏，舉頭仰看幾可覆額。K說他累了想吃些東西，你看錶，才步行兩個小時，不知距離上虎跳還有多遠，你有點著急，不過仍停下來休息。你在一旁拿起相機，又蹲又趴想試著拍攝南面十幾座綿延的雪峰，奈何鏡頭窄得連座山都容納不下，遂放棄了，你祇能乾巴巴地用心看。

路途中，你對K說：「我們不能覺得累了就休息餓了就吃，這條路還遠著呢，一切都得省一點。」他低頭默默地聽，額上淌著汗水，沒有回應。中午你們坐在路旁的大石上，你拆開一包四塊裝的壓縮乾糧，同K對分。你吃完，不見K有何動靜。他說他吃不下。你知道他在生你的悶氣，你還是惱怒嚴厲地對他教訓：「不吃等會還有體力走嗎？吃不下也得勉強吃，你以為這是哪裡，哪由得你想怎麼樣就怎麼樣。」K臉一沉，不情願地吃了，彷彿將哭的樣子。你自覺說的話有些過分，卻拉不下臉來對他道歉。

走至上虎跳，你和K便和好如初了，你為他拍照紀念，他也為你留下紀錄。再繼續往前幾里，幾個當地的民眾稀疏地散在路邊，前頭的路上滿布著沙礫碎石，堆起足有腰身那麼高，遠遠望去，間或還有拒欄和施工人員的身影。

你探視周圍情況，達達達———，鋼鑽鑽鑿岩壁的聲音從望不見的左上方傳來，隨後沙塵石頭滾滾而落，掀起一片硝煙。刺耳的聲音總算停頓了好一會，你便看到提著菜籃的婦女，扛著米袋的男人越過警戒線，你馬上喚著K一起向前衝。沒想到祇有落後幾步的你們，被戴帽的施工人員攔下。你匆忙問工人，為甚麼他們能過，你們不行，工人竟然回答：「他們是當地人啊，你們是遊客。他們砸死自個兒負責，不用賠的。如果讓你們過，萬一出事兒，我們沒有法律責任也有道義責任啊。」你忿忿不平地退出警戒區外。

「那別過去了吧！」K說。你見仍有幾個當地人悠閒地坐在路旁，就說再等等。你與一個蓄著日本鬍的青年，蹲在地上聊了起來。K始終沉默不語。又是一長串達達達———，夾雜爆破的聲音。而這一等竟等了三個小時。青年說：「沒一會兒，他們肯定要停住，放人過去的，不然我們怎回家。你們待會夾在這些人群中，就沒事的。」你告訴K這好消息，他面無表情，你想，他又生悶氣了。

陸續加上再來的居民約莫二十多個，全聚集在警戒線前，你們這次緊緊貼住人群。你讓K在身前，自己墊後，緊張地捻著他的衣角。終於等到前方遠遠的工人大喊：「行了！」揮著手，大夥們便像逃命般地拔腿狂奔。你眼見自己落到最後了，爬上石礫堆，踩在凹凸的岩塊上，居然禁不住就「哇～媽啊～幹！」的，一路發狂似地喊著跑。整路上祇有你一人叫喊。短短幾十秒，你感到胸口強烈被血液極度擠縮。跑出亂石堆外，你腿軟得跪在地上直說好險好險啊。K彎著腰喘氣吁吁，轉頭面色慘白，臉扭擰著啐一口口水：「尬你娘勒，這簡直玩命嘛！」

之後蓄鬍的青年領著你們到了一間蓋在崖邊的瓦屋。青年說瓦屋主人是他好友，他們準備在這翻挖一條下到江畔「滿天星」的路，這樣他們便可學中虎跳那兒民宿主人一樣，收下遊客的「買路錢」。青年把滿天星形容得像是虎跳峽裡最凶險景觀最好的一段地帶，彷彿無人知曉的處女地。他問你們想去看看嗎？請瓦屋的十歲小主人帶你們去。

你們沿屋旁的灌木叢蜿蜒而下，沒有路徑，祇有方向，時不時得撥開山壁岩縫間刺人的蒺藜與枝葉。K踩在濕滑的土石上，摔了好幾回，你把登山杖借他支撐。總算下到岸邊數層樓高的嶙峋疊垛的巨岩背上，黃褐的江水怒怒地流著，你問小男孩，這就是滿天星嗎？他點點頭，還不曾聽他說過一句話。原來滿天星，祇不過是急流湧動的江水遭遇亂石密布的河床，所激起的無數的漩渦和白沫的浪花，必須加諸點浪漫的想像才能組構出一幅躍動在濁黃黃水面上一閃一閃的星星風景。你有點被騙了的感覺。

從下往上爬，K竟又摔倒了幾回，一次比一次嚴重，你雖替他驚心，但看他摔得誇張的模樣，還是忍不住捧腹噗哧大笑。你們返回低路時，天已經暗了。青年從屋裡出來探視，勾搭著你的肩細聲：「這小孩父親病了。他領你們去滿天星，能不能給點兒意思意思。」青年沒敢開口喊個數字，有點諜對諜的味道。你詢問一旁的K，K說：「小孩這麼辛苦就給二十吧。」你搖頭，最後祇決定付出十元。小男孩靦腆地笑了，倒是青年看來相當不滿，他原本說要帶你們去中虎跳的住宿處，顯然因為如此，便站在門口邪邪地道：「那不送了，你們慢走喔。」而幾里之內，峽谷除了此戶人家外，再也沒有照路的燈火了。

你祇好與K牽著手，摸著崖壁朝下游的方向尋探住宿的人家。

K顯得非常疲累，臉垮了半張。吃泡麵時，他心事重重一句話不吭。臨睡前K突然囁囁嚅嚅地說：「我不行了。」你回答，嗯，那好好休息吧。

「我不想再走下去，」K又說，音量稍微增大。你心裡想他果真說了，又希望那絕非你所臆測的。你對他講，不是都走過來了嗎，最辛苦的一天已經過去，明日頂多下到中虎跳時才會辛苦些。K起身半坐著：「我決定回去，我沒想到這一路比我先前想的更難，我想得太天真了。」回哪？你問。

「先回麗江，之後也許就照你說的去昆明，或到四川，順長江三峽邊玩邊坐船回去吧。」好，你說，依舊淡淡的，連挽留的話也沒有，馬上寫了一條詳盡的返歸路線給他。你其實心裡掙扎不已，想去安撫他，卻又怕強做挽留祇是又難為他了。欠個道歉嗎？你們會不會就此犧牲十幾年的友情？「為甚麼為甚麼即使再累我們終究還是走到了啊完成了啊又不是沒有撐過來為甚麼現在才說要放棄。」你躺在床上，開不了口的話一直搥打著腦門。

你一起身，點了一根菸。K走進房間對你說：「一切都安排好了，我請這裡的人直接開車送我回麗江。」花不少錢吧，你說，在乎他太單純被坑了。

看著他收拾行李，你的心情有些複雜，便拿著充滿汗味的衣服到外頭洗。你似乎刻意地迴避他，連正眼看他都不想。他準備上車前，又到你身旁問你甚麼時候回到麗江。你冷漠地說：「不知道，我一個人沒差，也許會走的更遠也說不定，你不用等我了。」你的口氣帶刺，想讓K也知道你的不滿，甚至報復。而K依然沒有回心轉意。K一走，你終於感覺到一股深深的失落與孤獨。

下行至中虎跳峽，岸石緊鄰在湍急的金沙江上，不到一米距離，水勢若再稍稍加大，則隨時有被滅頂的可能。傳說中的虎跳石，據守著江心，呈一猛虎躍跳的身形。你的視線所及，自西是百米幅寬的江水滾滾襲來，陡然至眼前江岸急遽收束，最後被東向的虎跳石左右排開，又猛然遭遇左右兩面峨然矗立的山臂阻卻，推開了它十分之九湯湯奔流之水，大量的江流便重新迴旋躑躅，少部分的則如瀑布般騰躍闖關。「亂石崩雲，驚濤拍岸，捲起千堆雪」想必也不過如此爾。你也不知哪來的氣魄，一時忘記自我，竟敢逼臨蹲踞在最靠凶猛水勢一塊斜傾的岸石，任岸濤拍打，濛濛的水珠紛紛地墜落身上。你開始氣喘，開始暈眩，開始感到壓迫，分不清是感動還是難過。你真希望K也能看看這一切最浩大的聲勢。

爬回到山腰，透過葉縫間，你轉身再一次俯視著中虎跳峽隱約的風景，驀地警覺自己的傻，如果剛才不慎失足滑跤落入江中，那豈不是沒救？也無人會知曉你的下落。你想起那宿店留言版上張貼著一張澳洲媽媽來此的尋子啟事。

一天之內，你步行八個小時，近三十公里路，總算找到老渡口。擺渡人緩緩地從對岸駛著馬達膠筏過來接你渡江。晚間你宿在大具村落裡的一個招待所。身體疲累發痛，你躺在床上許久，難以入睡，盤算自己下一步該怎麼走，上玉龍雪山繞繞或者到更遠的瀘沽湖？你莫名地想起K，不知他現在怎麼樣？早先對他的氣，現在想來卻可笑。

窗外星光大好，你起身走出閣樓外，憑欄吸菸，對空遙望，和著透白的煙氣，你的指尖探入銀河深處，用抽象的線，把錯落的星點連成一體。

幾天後你重回到麗江，雨已經不再下了，古城顯得更加熱鬧非凡。但你的心境似乎有所不同。

你終於開啟了自行車的封箱。SHIMANO LX 27段轉換前後齒輪的變速器，輪圈組，登山胎，XTR吊點剎車系統，標名CAT的鋁合金車身（藍白黑的三色漆線），前後輪馬鞍行李袋，安全帽，兩副備胎，鵝絨睡袋，高山帳棚。在單車龍頭上鎖上最後一顆螺帽時，不知為何，你竟沒有一絲興奮的情緒。

最後一日待在古城，你又再走遍一次大街小巷，要買門票的木府大院，黑龍潭，你依然不願掏錢進去，而祇選擇去聽了一場宣科的納西古樂。你也終於肯讓自己在城內的水畔餐廳奢侈地享用一次晚餐，欣賞浪漫的遊客放水燈浮飄於柔軟的水面上。偶然間，隔桌從德欽縣歸返的遊客們，傳來白馬雪山路上降雪的消息，那些談論的話既像一則新聞，又像是夢，突然引起你心緒一陣不安的騷動。

然而，你祇希望他們說的那一切都並不是真的……

之二

瀘沽湖的女兒

她的家到了，

她邀你明天一早來家裡吃早飯，你欣喜答應。

那摩梭阿姨竟天外飛來一筆：

「不要知道人家住哪，晚上就偷偷跑來走婚喔。」

讓你們彼此道別晚安的氣氛，徒增一陣暈熱。

然而，你還不知道她的名，

因為那聲音被黃昏的風吹散了。

在邁進瀘沽湖前的十幾公里路，首先的印象便是那道橫路攔阻的閘門後方，坐著兩位翹腳抽菸的男人，要你先買門票才讓通行。見到這樣的場景，你的心裡不禁暗自咒罵著：他們有甚麼權利，圈圍出一個如動物園般的領地，把這些少數民族和大地資源，賤賣給來往的遊客。但不管你再如何地不情願，滿腹牢騷，為了進入瀘沽湖，你仍是掏出了錢買下過路的門票。

你想要到一處人煙罕至的世外桃源，在那裡，有獨特的傳說，原始的曠野，熱情樸實的人，把你擁入他們的懷抱。但你能去的地方竟是這麼多，也那麼少，一位稍微吃苦耐勞的旅者同樣能到達。你應該就此收斂自己的野心，或者保持高度敏銳的意識，去搜羅那些被人忽視的平凡部分；不然，你就得更加冒險犯難，把腳步挺伸到多數人無法企及的所在。總歸，兩者的擇取都必須付出相當的代價。

人類學學者已經一次次造訪這摩梭人的國度，研究她們母系社會裡特有的走婚制度；好奇的遊客們，自然也不會錯過這神秘風俗色彩的個中奧妙。沿著環湖公路走，你未在那極負盛名的落水村停歇，因為那裡一切配置都是為了觀光的旅行團而設。你尋著地圖上的指示，繼續朝北行，繞過一座山樑後，遇到的里格村落顯得較為冷清寂寥些，或許，這才是適宜你落腳的地方。

里格村的十幾戶民居全是傍湖而建，每戶的家門前幾乎都興築起規模不一的旅社，酒吧。那些經營者大多屬於外地專善投資的漢人，當地村民顯然還沒有這種獨立的條件和能耐，於是把自己傳統的宿屋，搬遷至旅社後方，形成一種現代與傳統之間的結盟關係。

避開遊客叢聚之處，你順著湖邊的路徑往底走，涉過幾處淺水灘，便踩在了月兒彎彎的小島上，這裡蓋的旅社相對清幽許多。你是湖畔旅社唯一的光臨者，老闆出外旅遊，招呼你的是新嫁到旅社後方民居的摩梭人婦。她坐在挑高的石梯上，面湖啃著地瓜，腳踝浸在淺水中，對你說：「哇——你看，這裡下了好久好久的雨，湖水都滿到我的腳下。這兩日，太陽露臉了，湖水要清了，你的運氣真好，一來到瀘沽湖就碰上最美的時候。」你蹲在一旁聽她忘情講述直到雙腿麻了，她才似乎記起甚麼，引你進入屋內。

放下了背上的行李，你揭開木窗上的淺藍掛布，柳樹的掌葉就陡然甜甜地垂落眼前。窗外依稀掩映著向陽時的強光，近身的水岸像一片金子抖動，兩艘豬槽船悠然橫豎地浮躺在框線上；更遠一點的視線，還能望見蓋著緊簇白雲的綠山點著金黃油菜花的身形，倒映於湖面上款款搖曳。你不由自主地燃起一根菸，倚在窗台，專注感受輕風撩起的水波反覆拍打在窗沿下挑高的木梯腳，疏導陣陣舔舐的感覺至你的跟前，定住，麻痺，你恍若溢入畫裡，成為莫內筆中的一個點。

黃昏時，醉人的紅光斜偎在平波的湖面上。十歲大的小幫傭——卓瑪，在屋外的板凳上低頭做功課。你走到小女孩身旁，想看她正寫些甚麼，但她一見到你，毫不猶豫地把簿本搓成紙團塞進懷裡，「不要！不要！」尖呼著，不肯讓你分享。旁邊的幾位小男孩，對卓瑪總是又訕弄，又譏笑，玩著一種童稚愚騃的遊戲。小女孩儘管噘著嘴，仍都靜靜地忍受下來了，她彷彿早熟得已領略到自己的本分和身世。聽說，這裡的老闆包她吃住和上學，每月給她五十元。

晚飯未開動前，你暫時離開那塊小男孩喧鬧的場地，隨意遊走。在不遠處，你望見了一位坐在湖畔的女人，她似乎若有所思，懷裡抱著一個正在哭的小孩。你朝那哭聲走近，保持了幾步的距離，問她，小孩怎麼了？女人低仰起頭說：「生病了，發燒好幾天。」小孩看醫生了嗎？「給她吃過衛生所的藥，但發燒沒退哩。」你不加思索地表明可拿點藥給小孩試試。女人有點驚訝，痴痴地漾起微笑，有些細紋扯在眼尾，她的輪廓感覺很年輕。

其實陽光低沉眩紅的顏色，讓你根本難以分辨她的面貌。聽到一聲「好，」你旋即轉身而去，走了十幾步，突然聽見女人從身後喚你：「我叫——」聲音被晚風吹散了，你沒聽清楚她說甚麼，祇看到她向後方一排木楞房指去，似乎在告訴你她家在哪。

你匆匆攜帶著藥品，準備出門時，竟被管家攔路說大夥兒都在等你開飯。望著室外漆暗的天色，你便不好意思再出門了。

老祖母在火塘前的地上，擺滿一盤盤熱菜，你正踟躕著該坐在哪裡以合乎祖母屋內的禮儀，摩梭的壯丁就把你拖到中央的板凳上。這一連串的東慣例西規矩，說客人得吃滿三大碗米飯才准走出門外，你即使沒聽過也死撐著肚皮不敢違背。不到片刻，盤中的菜餚所剩無幾，不過被奉為尊貴的老祖母，窩坐在屋內暗隅，連碗筷都未拿起。你把在座的人都問煩了，祇得草草一句：「祖母吃別的。」這與你熟讀的摩梭知識大相逕庭，難道摩梭文化已經改寫，亦或你根本是理解錯誤。

雖然你們沒有明確約定，但你好像錯過了甚麼，心裡一直耿耿於懷。你嘗試摸黑往赴先前的路徑，想著能否遇到那女人還等在附近，一個步伐沒走好，半隻腿便陷在泥濘之中。你祇好打退堂鼓，狼狽地返回旅社。

管家正呼朋引伴邀人參加篝火晚會，你說自己不會唱歌又不會跳舞，就免了罷，幾個摩梭男人卻把你架出門外，堅持不讓你一人在此自閉。

大概所有的遊客還在享受酒酣耳熱的晚餐，會場冷冷清清，一尺見方的枯木圍堆就是晚會的篝火。你趁著他們去找朋友時脫逃了，一心想趕回安靜的房間裡。

黑暗濕滑的半途上，前方倏然出現幾個窸窣的人聲，手電筒燈光忽滅忽亮。當你與他們交肩而過，中間一個溫柔的聲音把你喊住了。是她，即使在黑暗中，你依然能辨認那聽過的聲音。你把口袋準備的藥品交到她手中，總算鬆了一口氣。「去嘛，去嘛！」女人希望你一同參加晚會，像是摯友的說服力，或許這種熟悉和親切的感覺，可以讓你不再那麼害怕去面對那陌生人眾的環境。

除了摩梭人外，入場遊客照例一個人次收取十元，這是你一晚住宿費用的一半。晚會還沒開始，女人告訴你關於瀘沽湖的生活模式：「每戶摩梭家庭至少得派出一位代表參加篝火晚會，賺到的錢，多是用來建設村裡的公物設備，如果還有多餘，我們才各戶均分。」「你遊湖了嗎？（你搖著頭。）像那些白天帶領遊客划船遊湖的工作，也都是由我們各家派人輪替，不能隨著遊客的喜好指定或殺價。」他們竟能如此有條不紊地經營著自己的家園，這在你聽來相當驚訝，你突然對現今里格村的摩梭人所執行的共產制度，產生了更多意外的好奇。

你還不知道她的名，因為它被黃昏的風吹散了。

晚會開始，出席的摩梭男人個個高壯，頂著牛仔帽，身穿或黃或青的斜釦上衫；摩梭女人則傳統盛裝，長髮盤頭鑲著粉花，珠鏈，一襲豔紅的外衣，配對白紗百褶裙。祇有她在背肩上披著一條小羊皮毛，她說那是為了凸顯自己與別人的不同。為了炒熱氣氛，摩梭男女就參雜在遊客之間，眾人圍成圓圈，手牽著手，腿蹬著腿，跟隨領頭俊俏的摩梭青年高歌起舞。人影在篝火的映照下縮短，拉長，拉長了又縮短，祇有你獨自倚在老遠的廊柱下靜靜地欣賞歌舞。

哪位是扎西先生？他是大陸網站上遊客流言中的多情公子，聽說部分女遊客到里格半島的目的，是為了想親澤扎西先生柔情萬種一夜的鋒芒。或許就是那位最高最帥的人吧！你無端地想著，究竟會有多少的男男女女在這曠野聯歡的晚會中，以自然和風俗的名義，等待或主動，用摩梭人慣有摳摳手心的暗示方法，對他們賞心悅目的人送出愛意。

喧鬧的舞動告一段落，摩梭人與遊客分成兩隊人馬準備對歌：

「對面的女孩看過來，看過來，看過來——」

「甜蜜蜜，你笑得甜蜜蜜，好像花兒開在春風裡——開在……」

「你問，我愛你有多深——我愛你有幾分——」何時自你家鄉的流行歌曲，竟也跨越過千萬里，流傳到這女兒國度來。你又好笑又感嘆，為何你有那麼多的慨嘆呢？歌聲到激昂處，戛然終止。晚會結束，遊客們紛紛爭相與摩梭的俊男美女拍照。她似乎是摩梭女人群中最受歡迎的一個，你看她耐心地滿足完眾多男女遊客的要求，最後，她朝著角落的你走過來說：「你不想與我拍照嗎？」你突然一陣臉紅，不知該如何回答。

你與她和她的表妹、阿姨，隨行走回旅社的路上。她的家到了，她邀你明天一早來家裡吃早飯，你欣喜答應。那摩梭阿姨竟天外飛來一筆：「不要知道人家住哪，晚上就偷偷跑來走婚喔。」讓你們彼此道別晚安的氣氛，徒增一陣暈熱。

然而，你還不知道她的名，因為那聲音被黃昏的風吹散了。

你把行裝擱在房裡，走出戶外消磨最後一個早晨的時光。陽光灑落在軟柔的湖面上，透露著一種無可名狀的溫暖。你的腦海突然模糊浮現起昨夜的夢境，一句熟悉又陌生的聲音：「有一天，我將出發追尋。」有一天，我將出發追尋，代表著甚麼？你懷疑是不是自己究竟失落過甚麼，才會在隱約的夢境，迴盪出這種輾轉反覆的聲音呢。胸口上鼓宕的壓力彷彿釋出依稀，似有若無的思想交擊在面湖的額上，你專注凝望著那逐漸被商業侵擾的摩梭國度，驚覺自己的確有某種惆悵的情緒在提示著，萌芽著。或許從內在延伸到外在，你應該去追尋，季風的姊姊似乎在向陽深處等你，等你去追索一些陰晴的故事——關於這裡的女兒，她們仍有話要說。

你答應她在臨走前，去她家說道別的。那道門柵輕輕虛掩著，你推開門進去，一位老婦正坐在庭埕剝玉米。你難以啟齒說要找那位還不知道名字的她，所以祇能逕自地傻笑點頭。老婦彷彿早已知道你是誰，勉強說了幾句單音詞的漢語，「阿，坐，去」把你請進祖母屋內，便使喚著爐灶旁年輕的姑娘去叫那位你想找的人。

「松娜、松娜——」叫了幾聲，她還在睡覺。

那一根根厚實木柱所搭建的祖母屋，是每位摩梭人的家庭中心，祇有當家的媽媽或祖母才夠資格入住。

光束從屋頂上的破瓦投射進屋內，微細的塵埃無聲地旋舞，旋舞。火塘裡的火從來不滅，煙氣直接在室內盛放，屋樑都燻黑了，這樣可以避免蟲蛀，櫥櫃上的豬膘肉都燻黑了，煙燻兩年三年愈久愈香；神龕上的藏傳神祇也燻黑了，作困神明來守家；酥油點燃，這樣神明才不會飢餓負氣，溜出家外雲遊四方。

年輕的姑娘彎起月眉對你說：「摩梭人是晚上偷偷摸進來，早上偷偷溜出去的意思。」

直到老婦為你端上一碗麵條時，松娜才帶著惺松的睡眼踏入昏暗的屋內。她掏出一隻鬆軟如水煙袋般的奶，餵著襁褓中的孩子，自在地向你介紹她的媽媽和表妹：「孩子的燒還沒退，照顧她一整夜，所以睡得那麼晚。」你一面吃著麵條，一面拘謹地點頭，從口袋再掏出一包藥品給她。

松娜問你何時離開，你說訂好中午的車子，這裡作客完便回旅社拿行李，準備明天出發到中甸，然後一路騎著單車去拉薩。松娜露出惋惜的口吻：「你剛來就要走，還有很多地方沒玩吧？」你表明自己可不是來玩的，祇是純粹想來感受瀘沽湖的況味。

她問你為何不搭車反而要選擇騎單車呢？那山那麼高，路那麼長，身體怎堪受得了？你們盤旋在你如何獨自旅行闖蕩的話題間許久。你不時暗自地看錶，松娜說：「要你能多待幾天，我帶你去那些一般人不知道的地方。」你驚訝地反問她，去哪？松娜與媽媽用母語交談著，回頭開始解釋：「去山上，我想去湖的另一側——四川邊境有座神女山，以前聽媽媽說——她懷我之前一直流產，後來有人介紹她去神女山裡的一處洞穴，用手去摸摸那洞裡的『女陰』，神女就保佑不再流產了。我很想去那，那裡算我真正出生的地方。」

你聽到此，耳目一亮，怎麼去呢？松娜與她媽媽再次低頭交語，接著說：「走很遠很遠的路喔！要先到媽媽以前住在四川那邊的小村子，再轉村子後的山路上去，還要兩天。」你完全被她的話尉服了。

她說你不像一般的遊客，會騎車去拉薩聖地的人，想必也能吃苦爬到神女山上。可你躊躇了一會，擔心地問她：「妳的工作、小孩怎麼辦？」松娜果決說她已經很久沒出過家門，去過最遠一次的地方是麗江，其餘的人生便待在這湖畔渡過。她的家人此刻都贊成她跟你同行，自願幫她照顧小孩，分擔工作。她說如果這次沒你跟著，自己以後可能再沒有勇氣去了。你彷彿獲得一種莫名的感動與信任，於是把原先的計畫延後，答應松娜。

她的全名叫「阿它．松娜七朵」，換好一身牛仔便裝，在岔路口等你。

松娜領著你走出環湖公路外，攀爬，下切各種意想不到的捷徑，有時穿越密密的樹叢，有時橫過比人高的玉米田。

一路上，你們遇到的摩梭人都會對她親切地招呼，你好奇都走了這麼遠，為何她還能遇見認識的人。松娜說：「這湖就那麼大，摩梭人就一丁點，這些人若不是親戚，就是爸爸的朋友。我爸爸以前當過村長。」你帶著可疑的口吻，摩梭人不是應該都不知道自己的爸爸是誰嗎？她燦燦地笑著：「有些人的確不知道自己的爸爸是誰啊，但我很幸運知道。以前摩梭人走婚，到文革時期政府就禁止了。他們說結婚才是文明人的行為，然後我的爸爸媽媽便辦理結婚。不久後，政府有天不知為甚麼，突然又說可以恢復走婚了，但我爸爸媽媽結完婚沒改變過，一直到現在，爸爸還與我們住一起。」

聽著松娜講述，你彷彿覺得她親身遭遇過那時代的一切，你心裡暗地對那些把摩梭人標本化的作者忿忿不平。妳自己呢？她接著說：「我與丈夫是走婚。以前他到我們村裡當路工時認識的。他見我就喜歡我，回去找了他的媽媽來我們家送禮，與我爸爸媽媽商談。我願意，兩人便在一起了。一年中，有兩三個月他會從寧蒗過來，住在我們家。」

你問松娜喜歡走婚還是結婚，她毫不遲疑說結婚好。向她追索原因，她勉強微笑，掩著一聲長吁：「結婚比較有保障啊，自從走婚後，我生了小孩子，丈夫就沒有責任感，不關心我們的生活，我覺得對這種關係很沒有把握。有時，我在想是不是我的丈夫外面已經有別的女人了。」

為了避免靜默的氣氛尷尬太久，你強譪出一句沒腦的話：既然如此，為何不再找新的對象。「我和丈夫沒說清楚要分開，女人就不能再找其他的對象，否則在村裡會抬不起頭的。我媽媽說我是家裡最聰明的女兒，已把家裡的一切準備傳給我，所以我必須更小心更有責任，這樣才能扛起我的家。」松娜眼睛睜得斗大認真地說，根本無視頭頂上的豔陽如何刺眼。

摩梭人面對走婚情愛的嚴謹程度，遠遠超過你的想像，她們到底還存在著多少恆久不變的思想。在松娜的身上，你看到了新舊血液的相互交織。過去傳統的走婚，早已不復存在今日的瀘沽，而未來呢？你祇能希冀，面對外來強勢衝擊的摩梭文化尚有自己的一縷餘燼；但，你知道終究每個自主的生命，都有權利去選擇自己未來的導向和命運。思索至這，你的心不禁微微漲痛了起來。

松娜是摩梭傳統下被挑選出來延續自己傳承的女兒，她亮出手腕上那只銀環，告訴你這手環愈戴會愈細，因為它會滲進每位戴過它的人的血液裡，這就是她的命運和責任，以後她也將把它再傳到下一個掌管祖母屋的女兒身上。這位瀘沽湖二十一歲的女兒，知命沉著，兩頰間竟已微微長出了些白鬢。她的兩位姊姊都在遙遠的都市打工，然而，她確信有一天她們將回來，繼續做湖的女兒。

你終於忍不住拿起相機，對著湖面上所切割的天工，一連拍攝幾個水波蕩漾的鏡頭。松娜指著湖邊峭起的岩壁，開始述說：最早以前，這塊湖泊本是乾涸貧瘠的土地，曾有個小孩就在那岩壁下方的洞裡，發現了一條大魚，於是大魚跟小孩約定，若能保密牠的所在，小孩每天便可割下一塊牠身上的肉。很神奇地，那魚竟能長好前一天被取走的肉，使得小孩和他的家人不再受饑荒所苦。可是有一天，這秘密不知為何在村中走漏了，貪婪的人因此都想藉機佔有那條神魚，便夥同眾人到洞裡把大魚抓出。想不到當大魚被拖出洞口，地底的水卻洶湧而出，淹沒了整片村莊。所幸一位機警的母親即時把她的小孩抱進正在餵豬的木槽，但自己卻淹死了。後來，那倖存的小孩就成為我們摩梭人最早的祖先，而為了紀念那位犧牲生命的母親，這塊淹沒的土地便命名為「母親湖」。

噢——你茅塞頓開，原來這就是妳們豬槽船和瀘沽湖也被稱作母親湖的由來啊！聽松娜說故事，你多麼希望這沿湖迤邐的路徑，可以無止盡地漫長下去。

從雲南的瀘沽湖徒步到四川邊境的摩梭村落，已過了一天光影。松娜在村頭的小商店買了米酒，香菸，餅食，準備去拜訪她的阿姨與舅舅們。這裡是她童年成長的地方，她充滿回憶的神情，指著那裡是以前的學校，那裡是玩水的池塘。八年來，僅僅十幾公里路程，她卻再也沒有回到這母親的故鄉。松娜在記憶中找尋阿姨的住處時，遇上了某位認出她的表哥，她把你們的計畫告訴他。之後，松娜塞了一百元給他，她說表哥有肺病無法工作，這裡又比較落後，賺不到錢。

松娜轉述：「表哥說那條上山的路很難走喔，我們要租兩匹馬，帶上棉被，糧食，飲水和蠟燭，還得僱一位熟悉山路且能與彝族溝通的導遊。否則兩天內不是走不到神女山，就是先遭那地盤上的彝族流氓搶或殺。」聽完，你耳根後不禁緊縮，問了松娜的看法，她一臉不容妥協的表情。一名女人冒險犯難的追尋之旅，「有一天，我將出發追尋。」不僅是她，或許也是你自己的。

在踏進松娜阿姨家前，她祇交代你一句話：「不能談起關於『走婚』的問題。」儘管你沒有好奇到會無故去問這類問題，當然還是點頭悉數照辦。四川境內的摩梭村，單調，簡樸，中年以上的女人幾乎無法聽懂漢語，男人則相對踏實努力工作，早出晚歸；雲南那幾個旅遊村落中的男人，似乎整天祇會打牌，唱歌，跳舞，幹點輕鬆的閒活。這個母系的國度裡，雖然重女，卻不輕男。經過八年，松娜的阿姨們都擁有自己的祖母屋了。火塘裡的火從未熄滅。

松娜帶著你走臨三位阿姨的家，由於語言的隔閡，你祇能靜靜地坐在火塘邊聽她們講述空白了八年光影的話，從松娜的語氣和態度判斷，她顯然已成為真正獨當一面的女人了。

月光的觸角緩緩從高崖垂壁落到樹梢，屋簷，延伸至湖面，形成一座上達天聽的皎亮階梯。四面山巒波紋般微笑環圍著黑夜裡的瀘沽湖。

辛勞的女人們都留守在家，松娜祇能宴請到表哥與舅舅們在路邊吃燒烤。這場家庭聚會，並不因為多了你的存在而有生澀的氣息，你意外與他們融洽得像一家人。他們盡情唱著摩梭歌迎接你的到來。兩杯黃湯，你回他們「望春風」和「阿里山的姑娘」。松娜一杯杯痛飲後還一直為你擋酒，你啜了一口她就灌下一杯，你知道那絕不是一種正常的方式，儘管看了有點心疼卻也不能多說些甚麼。

聚會遲至子夜，才終於散去。你原本以為松娜與你都將投宿到她某個親戚家中，但她卻一步一拐地去找夜宿地點。她醉眼暈茫地說：「謝謝你，我好久好久沒有這麼快樂過了。跟你偷偷說一件事情，可是不要生我的氣好嗎？（你點著頭。）我的親戚們，都以為你是孩子的爸爸。我沒有向他們解釋，你會生氣嗎？」你雖然回答「不會」，但卻不知如何把話再接續下去，獨自悶悶地想，為何她不跟那些親戚們解釋呢？走進房間，她整個人直趴在眠榻上沒有一點聲息。你躺在另一張床上輾轉倒看窗外的星斗位移，竟難以成眠。

秋天的芒草向水源頭處試探，傳遞著信語。一個從來沒有去過的所在，可否能成為追尋自己的地方呢？第二次公雞啼鳴時，你們整裝就緒，走進一片茂密的山林。強烈的日照，鬆軟滑溜的泥土，陡斜的山徑，荒草雜生高過膝。在翻越第三道山路時，你遠遠落在彝族老嚮導與松娜之後，他們長久在田野練就的筋肉勁腿，如深根的麥穗般飽實，堅強，完全勝過你在城市裡適應平鋪水泥地的弱足。

松娜停在峭滑的土坡上，伸手拉你，這一拉，她的手始終毫無鬆弛的跡象，害得你的臉一陣紅一陣白，分不清楚哪種呼吸頻率出了問題，手心微微冒現羞怯的汗。為甚麼你的手不主動抽出來？為甚麼她還不鬆手呢？你的心千頭萬緒在翻騰在攪動著。

這山徑或許是一條川滇茶馬古道的分支。土丘裸岩上依稀可辨識出馬蹄踩過的印記，你們彷彿重現古代的馬幫穿梭在林間田野裡，祇是這次不是運輸貨品，而是「尋鄉」——尋找那一位瀘沽湖女兒心中的原鄉。

你拿出指南針與地圖交叉比對，判斷順著此條小徑直往北走，應該會到達四川木里地帶——約瑟夫．洛克（Joseph F. Rock, 1884~1962）[1]的手記曾描繪那裡有牛奶般的河水，及神偉壯麗的貢嘎雪山，央邁勇雪山；詹姆斯．希爾頓（James Hilton, 1900~1954）[2]的《消失的地平線》書中，所命名的「香巴拉」（香格里拉），似乎隱隱約約，也是指涉著那熠熠生輝的地帶。

老嚮導牽著馬匹直往前走，總一副不想跟人說話的模樣，祇有你遞上香菸時他才咧嘴笑一笑，得意翹露出鞋面上的腳拇趾。

這僻遠山鄉疏落的民居，大多都築起人高的木刺圍籬，當你們行過時，家犬便會突然跳出凶狠吠叫，在門首觀瞻動靜的主人們多是鷹眼的表情，警示意味濃重。可你們也有遇上戴著傘帽的彝族婦人，拿出竹筐中的蘋果，大方供你們充飢解渴。一路上，你們都是默默地爬，用浹背的汗水取代了言語。

「苦不苦？」松娜拿起手巾想為你拭汗，你反射動作偏開了頭，接過她手中的巾條。晚間，你們落腳在一處空曠的平野，升起火堆，煮水，吃著泡麵。彝族嚮導一直催促你們多喝點水，要每人都在離火堆十米的地方灑些尿水，據說，這樣一來可以對鄰近的野獸宣示領地，二來還可防止孤魂野鬼無端的干擾。

你將棉被摺成兩摺，裹身在夾縫裡，松娜悶不吭聲把她的被褥移至你的頂方，對你微微笑。你一邊躺著，一邊心想是不是該跟她聊上幾句話呢，想法還正盤旋在腦海，身體卻先睡著了。

夜時的蟲鳴聲大噪，你彷彿在夢中仍然可以聽到，山的聲音，樹的呼吸，草在拔高，花在煽情，遠方瀘沽湖底的水洶湧無波，寂靜但騷動。

早晨的露水悄然凝重。你們先往北切，再往西南走。松娜意外扭傷了腳踝，但她堅持續行，咬著牙，額上的汗珠愈滲愈大，且不容你來攙扶她。她幾乎要把嘴唇咬破了還硬著性子說，自己就算爬也要爬到那裡。

又再經過一天光影，你們終於看見神女山頭飄搖的五彩旌旗。洞壁外，立著兩根鬃紅的木柱，那洞隙祇容得下一人側身通行。老導遊說，還得繼續往裡走百尺，才能抵達神女最私秘的部位。你和松娜擎著微弱的燭火步入洞內的甬道，彼此的咳氣聲清晰在兩壁間迴旋反覆，你能感覺她是緊張的。她緊繃的心情如同初破羊水的嬰兒，現在她要自那母腹中的陰道，重新上溯，返歸到她曾經安然熟睡的地方。

甬道尾端敞開一處兩米長寬的空間，四面貼滿各種面額紙幣，最底部的岩牆上微微腫起兩葉層狀的摺皺，表面油亮光滑，中央綻裂著細小的孔隙，還不斷滑滲出滴滴甘露，那下方正好生成一碗狀凹槽石盆，恰恰臨接這天然的流液。你看著松娜磕倒在女陰面前虔誠閉掌祈禱，兩頰上靜靜淌著透明的淚光，不禁也感動了起來。

這女陰崇拜的歷史不知流傳了多久，尋鄉的松娜不知，老嚮導也不知。他們盡心地朝拜，從不多去質疑信仰的緣由。

第四天的夕陽下，你們回到了瀘沽湖畔。松娜說她終於完成自己生命中一場必然的旅行。相對於你的偶然，這何嘗不是一種必然的牽引。松娜輕輕問你，是否會跟她一同返回里格村。你搖頭說自己將取道去湖畔東側的草海後，將沿著寧蒗的路線回麗江，準備自己另一次出發的行李。

「這是我們最後的時間嗎？你以後還會不會到瀘沽湖呢？」松娜臉上泛著湖水的閃光，似乎渴盼地想聽到你肯定的回答。一個終點的意識，突然點燃起你海潮般的思維，你微微領略的心，彷彿再也不能寧靜。你將如何去看待，甚至去回應這短暫旅途的終站，始能合宜地證明自己這樣的追求，無非是為了歸航的承諾。

【後記】

經過一個完整的秋季，你果真踽踽獨行到了拉薩。松娜曾經對你說旅途完成後，一定要撥電話告訴她那個你最後到達的地方，否則她將一直為你擔心下去。

你遵守了承諾嘗試撥電話給松娜，從拉薩到雲南，電話那頭偏遠的聲音是松娜的母親，你沒說你是誰，怕她根本不記得你了。她卻用生澀的語句告訴你松娜去工作了，還問「你」去哪裡去了那麼久，怎麼還不回來？當場，你竟然無言立即回答這位老母親的問題。她為甚麼還記得你這位僅僅是一面之緣的過客？她為甚麼竟會發出那種召喚親人似的聲音？你祇告訴她，你在一個很遙遠遙遠的地方，要經過很久很久才能回去。你不知道她能不能理解。

掛斷電話，你突然意識到——所有的路途，竟都祇是行過，而無所謂完成的，那未來將一直未來，似乎有一種未完整的情緒尚在等待填滿。

關於瀘沽湖的女兒，她們仍有話要說。

註記

1 約瑟夫．洛克，美籍奧地利人，曾以美國《國家地理雜誌》的探險家、撰稿人和攝影家等身分，從泰緬邊境進入中國雲南，先後在中國西南部雲南、四川地區進行二十多年之久的科學考察與探險活動。

2 詹姆斯．希爾頓，英國小說家，作品《消失的地平線》（Lost Horizon）及《萬世師表》（Good-Bye, Mr. Chips）曾被改編成電影風靡世界。「香格里拉」一詞，正是出於希爾頓描繪的《消失的地平線》小說中，那個永恆和善極樂的境地，幾乎為人間天堂的代名詞。此書出版，正值第二次世界大戰前夕，不僅滿足歐美世界對東方國度的神秘想望，也對當下西方世界荒亂的困境與無助，帶來了不少希望和安慰。

之三

梅里雪山前的失足

視線傾斜了，
整個黑暗的世界也跟著傾斜了。
砰——，單車被路中央的石塊絆倒，
你掀倒後，被單車壓在下方，
一同撲貼著粗石地面滑行出去。

我們立於絕壁邊緣，探頭望向深淵——只覺得天旋地轉。我們頭一個反應，就是退縮逃避，遠離危險。不可理解地，我們仍留在原地。

——愛倫坡

苦騎了三天白馬雪山，衣服乾了又濕，濕了又乾，胯下的傷口結瘡了又發膿。儘管你還是掛著兩行鼻涕，胸口仍舊咳得發疼，但越過這一刻，你知道這一切暫時都不需擔憂了，祇需要乘著單車一直朝下快速俯衝，像一支銳利的箭矢，時速保持四十，好好享受著迎風忘情的愜意。

退下海拔四千米的白雪世界，取而代之的是茫茫原始森林。清朗的空氣裡漫漶著一種花與葉的殘骸氣息——淡淡的，虛實間相互掩映。秋天的蕭條之感，浮搖的寂寞，依稀在旁敲側擊你的情緒，可你不知為甚麼就從這一刻起，開始願意相信這凋零後的世界，是隱而未發的生機。你就是讓自己去相信了，天地山海自有祂奧義的安排。

天色逐漸轉淡轉灰，你的前額繼續泛發著感動的微汗。滑過一道半圓弧的山彎，眼前陡然出現的風景，竟把你震傻住了，你加緊剎住行車，地上拖出一道車胎磨損的痕跡。那是十三座梅里連綿的群巒，萬里無雲，頰骨上輝映著夕照燃燒後的餘燼，完全的赤裸，高傲卻也羞赧，絕對的美。

當地人流傳著一種說法：倘若有人進入德欽縣城前的第一眼，能望見梅里雪山完整的身影，此人將勢必幸運一整年。梅里，藏語為「神聖」之意，南接碧羅雪山，北連西藏阿冬格尼山，最高的主峰卡瓦格博海拔六千七百四十米，祂不但是雲南境內最高的雪峰，更位居藏區八大神山之首，終年雲霧繚繞，神秘莫測。

面對著一道道撐起瞳孔的形影，一時之間，你懷疑自己所見，並不是真實的。或許那祇是現實下想像的夢境，又或許，你正是那萬中選定的一個，有幸在日夜更迭之前，望見梅里褪去雪霧和雲翳的嵯峨表情。你有種喘不過氣的激動，想在山谷裡放肆大叫一番，感官的視野裡存在著一種高潮時興奮的戰慄。

你努力撐開雙臂想丈量雪山縱寬天地的幅度，先往前走，又往後移，來來回回，反反覆覆，找尋一種適切的距離，一如裁縫師專注量衣時的謹慎小心。可任你再怎麼拉展手臂，拉到兩臂已達痠麻的程度，也無法盡情收攏住這連帶的群脈。它像是信仰，你祇能想像自己一點一滴逐漸地滲透，追逐祂的腳步，融進祂的血脈裡，而無從把握住祂。原本祇是一場忘懷的感情體驗，崇高的欣喜，但欣喜裡竟有種奢侈的刺痛。一種完滿的絕對，卻得憑靠著有限的缺憾，對比，而得以形成。

單車滑行久久地，你的眼神從未離開梅里鋪灑熠熠橘光閃耀的身脊面前。山道隨著白馬雪山蜿蟺的腰骨盤曲而下，你的左側邊接臨著約莫兩百公尺高的斷崖，懸崖下是仰天樹海密布的針網，右側則緊靠著巉巇嶙峋的絕壁。路途尚未完成逾半，四方的氣候就儼然陷入一片黝暗，頓時把你全然收束在環山的口袋裡。你終於不得不停下了車，跌跌撞撞開始摸尋馱包內的頭燈。

距離德欽縣城還有十公里或二十公里呢？戴上頭燈，轉開電源，你分不清自己位處地圖切線中的哪一點。你是那些山脊線下獨露的微光。「用自己的光，照明自己的路。」你雖然對自己這樣說，但總覺得這話語裡似乎缺少甚麼充分的謀慮。眼前的光線最多僅能照見前方三尺來路，你有點懊悔自己當初早該選配黃燈的，才足以應付這種夜騎的狀況；又或者，你早先不該貪戀眼前的景致，而耽誤了寶貴的下山時間。這些想法永遠都是後見之明，再怎麼設想也無用了，你的喃喃自語其實是為了拒抗著某種看不見的罔罔威脅。

你步行牽著單車，讓感官嘗試去習慣深山黑暗的長度，所有生靈彷彿都寂滅了。然而，四周卻傳來各種奇異的聲響，潛伏著騷亂和躁動，你的呼吸，草的窸窣，林木間的開闔，黑暗把這一切都增強，放大，甚至那汗水滴落，脈搏顫抖的回音。原來寂靜的世界裡，竟有那麼多不為人知的喧譁。

你每一步都儘量踩得確實，但每一步都像踏入虛空。這是你第一次獨自在深山黑夜裡走得那麼遠，你知道經歷過這一次，也許未來一次又一次，你將能走得愈久愈遠。這是你所追求的嗎？一種親臨現場的感受，無所取代，忘記過去，無暇於未來，一生當中，彷彿祇為了這一刻而努力存在。

究竟這種生命經驗對你有何意義？能證明些甚麼？一種了然與模糊的感覺，徘徊在你的腦海，你想回答，卻又無從回答。即使你腦海裡那麼專注地在思考些讓自己勇敢堅強的意念，但依稀的，你仍是處於一種惶恐邊緣，時間愈久，恐懼的拉力愈大。

突然，右方陡坡上的灌木叢傳出一陣搖晃竄動的聲息，這一點點的聲響完全激起你一直壓抑在心中的恐懼。你佯裝輕輕地咳了幾聲，裝作甚麼都不怕似的。摘下頭燈，你往那莫名的聲響處照去。掩蔽叢縫中的是兩對螢螢發亮的小圓光點，充滿猶疑，機警，神秘的眼神。你反身倒抽了一口冷氣，希望自己看到的並不是真實。那窸窸窣窣的騷動在討論些甚麼，你當作甚麼都沒看見也沒聽見，整個頸後與耳根，不時傳來一種微量電擊般的警戒。

徒步的一路上，好幾次你都彷彿聽到這種竄動的聲音，也就更加喚醒你總有那種被跟蹤，被窺探，被伏擊的不安的感覺。夜的世界不是你的世界。為了趕緊脫離這片野地深谷，你祇好不得已再次跨上單車渴望加速而去。

逐漸的，你懂得如何使用身體與感官，去熟悉這陌生的世界。瞳孔縮成一小針點，覺察山徑輪廓的變化；耳膜來回穿梭車胎擊地的聲音，感知單車滑行的速度。你開始把中指和無名指緊扣的剎車慢慢放鬆，手套中的雙掌像浸在深水裡。夜間的氣溫變得更低了，幾乎迫於冰點以下，但你整個人卻燙熱難耐，一喘聲長氣，透明的鏡片上瞬間就凝凍出一層白霧。

往前繼續騎行了幾公里，仍不見燈火闌珊處。黑暗中，你無法獲得休息，體力早已不堪負荷。呼吸，滑行，剎車的聲音彼此交織，聽來彷彿就像夢裡的聲音，如此遙遠，如此渙散。你在對抗自然環境，還是在對抗自己。滑出一道彎口，一陣冷風剎時襲來，山徑突然在陡降的滑坡上從平坦的柏油轉為遍布的土石。

你緊緊抓著車把，有點被驚嚇到了，想猛力握住剎車，卻又深怕自己一不小心摔個人仰馬翻。當你還正困擾胯下的傷口被重頓到出血時，頂上的頭燈照見眼前的來路，你整個人驚失了魂——

所有的路竟都不見了，祇剩下一截窟窿般的斷崖。

那是真實彷彿又是幻覺，像一種真空包裝的狀態。你頭一個反應便把剎車扣死，但單車仍憑著重力加速度不停地往前俯衝滑移，失控，甩尾。

你的視線傾斜了，整個黑暗的世界也跟著傾斜了。砰——，單車被路中央的石塊絆倒，你掀倒後，被單車壓在下方，一同撲貼著粗石地面滑行出去。瞬間，你的意識有如慢動作般播放投影，怎麼也無法阻止自己及時停格，腦海甚至閃出你在斷崖邊緣跌落的畫面——永久的失重，驚惶的面孔。

砰！畫面渙散，這次扎扎實實的，左臂猛然一道重壓，你連人帶車撞上臨崖邊緣半個人高的岩塊上，前輪死死卡在岩縫下，而後輪和你的雙腿完全懸盪在斷崖之外，一場失控的人車畫面才終於——靜止。

黑暗的天地如地震般持續搖顫，一邊是緊迫充血的心跳，另一邊則是斷崖下依稀傳來那被你的身軀滑掃而墜落的細碎砂石，還有一只掛在車上的鋁製水壺，沿著崖壁滾撞的無助回聲。它們此刻都成為你的代罪羔羊，替你摔下山谷。

停了數秒無聲空白，你恍恍惚惚從單車下狼狽爬出，爬回路中想站穩身子，雙腿竟顫抖不已。冷風一道道竄進擋風褲磨開的裂口，砂石一顆顆嵌入血光模糊的腿肉裡。你全身還未挺直，整個人便又趴軟癱在地上。

你沒有任何情緒反應，或許是還不清楚發生甚麼事而無法立即給予回擊。「不哭，路途上不哭，祇有放心時才哭，」你說。你似乎趴睡在地上好一陣子了，彷彿被施打了一劑麻醉藥，渾身感到酸酸的，苦苦的，但並不覺得痛。

清醒後，你終於能認知一些事情。你探照著卡在石縫下的單車，散落在地上的行李。這段路呈半圓狀的塌陷，使得原本兩線道急遽縮減成一線，周圍甚麼警示標記也沒有，祇有幾顆半大不小的石頭擺在懸崖邊充當路障而已。

你一項一項撿著散亂的行李，想去把單車拖出來時，又瞥見那殘餘月光下至少兩百米高的深谷底部，餘悸未消的心不禁又踟躕了起來。你用力踏著鄰近懸崖邊的地面確定它是扎實的，於是才敢遠遠地伸出一隻手抓住座椅，把單車拖到安全的地方。

你拍拍身上的塵土，把行李重新整裝，還是哆嗦著牙際，四肢發軟。你無法再鼓著勇氣去冒險騎車了。車子的變速器摔壞，一路上不時發出咯噹咯噹的聲音。路再怎麼遠，你祇能這樣一步步地緩慢走下去，儘管那恐懼的草叢回聲依舊。你無法再期待未來甚麼，甚至過去的事件也不願再回想。

祇要現在還能走就好，祇要現在還能走就好……

意識都散在黑暗裡，你抓不到自己，大概祇能勉強控制著腳步別亂別歪。不知這樣又走了多久，眼睛是睜開或閉著根本分不清。有一度你以為自己邊睡邊走夢遊著，直到驚覺不對後，用力擰著大腿，感到深切的皮肉痛，你才確信你仍走在正確的路上。

驀然間，不遠的前方樹叢掩蔽的縫隙裡，你終於盼見了德欽縣城隱隱的燈火。在縣城路口的幾百米前，你停步下來，終究抵不過那壓抑的情緒而放聲大哭。

之四 邊境未竟

山無窮而水已盡，
愈到深處，你愈感到一種慈和的殺戮正在進行著。
沙塵滲和陽光的熱浪微拂，
眼前視線裊裊蒸發如透明的蛇影。
你感到時間有時靜止，有時向前，
有時通體一陣敞亮，有時卻彷彿被榨乾得快要裂開。

進入夜深的德欽縣城，你孤立地站在街頭，等待著先前在白馬山口上遇到的開車過路人家，接你去他們那裡。當時他們力邀你坐車下山，還另有一位包租「的士」的單身旅遊女子邀你搭她的桑塔納，不過你都婉謝了。你們祇好約定你下山時一定到他們「公司」作客，他們才肯放你走。其實，你不想無端牽扯甚麼人情世故，但又不知道此時此地該去哪裡，所以便撥出了這通電話。

當那些陌生的朋友看到渾身泥濘和擦傷的你，嘴唇還流著血（無助時自己咬破的），就表情萬般疼惜且自責地說，「那麼晚了大家都擔心你會不會出事，正決定要不要循著山路回去找人……，想不到你果真出事了，早知就不該讓你堅持騎車下山。」

那是間名為「梅里雪山」的工程開發公司。經理，司機，會計，電腦，和打雜，員工一共五位，全為從四川與重慶地區來此打拚生活的漢族人。起初，你並不對這棟兩層樓家居式的公司感到些甚麼興趣和疑問，祇經常聽到那經理總如媽媽般對你講述他們董事長的善良故事，你才多興起一分好奇。她拿出董事長的各式照片，新聞，獎狀，甚至有寫真集供你翻閱，不時還插話進來細細解說。

董事長是位看似約莫三十芳齡的女人，體態婀娜，濃眉麗眼的，留著一襲烏黑的長髮及腰，一副飄飄然不食人間煙火的樣子。相片中的她時常或舞（因為學過芭蕾舞蹈）或躺（彷彿親近自然），搔首弄姿地擺身在血紅的夕陽下，或蔚藍的長空，平整的地平線上，隨伴著一叢叢牛犢與羊群，沉醉。她還是個歌手（模樣與風格極像卑南族演唱者紀曉君，略再纖細些），兼具雲南香格里拉旅遊大使身分，和滇北多家貧困山區愛心小學的捐贈者。似乎各種的大人物都曾替她撰文，而最令你驚訝的是寫真集上一篇讚頌她美麗的序文，居然由歐陽江河（曾替流亡詩人北島的詩集寫了幾十頁序文的大陸詩人）屬筆。你於是不禁對這位年輕的女董事長，產生一種如夢如幻的情愫。

聽說，你在這兒睡的是德欽當地大活佛睡過的床，但你依舊害了風寒。兩天裡，你寫日記或沉思時，總多次聽到房門外的經理講電話的聲音。之後，經理進門就會露出無以名狀慈祥的語氣說：「我們老董再三交代要好好款待你，她非常非常地關心你喔！」可惜你都祇耳聞轉述，無法與電話另一端神秘的她親自說聲道謝。

隨著與他們在外遊走了幾次，一位藏族員工的姑娘出現（她是專責疏通當地藏族人與他們之間的隔閡，和協調土地買賣等事宜），你似乎略懂得他們所言的「良善」公益事業為何。他們打算開發白馬雪山觀景台邊和德欽城北十公里處的飛來寺附近星級旅館的構築案。自此以後，你的話漸漸變少了。

你在德欽所住所吃，一概由他們負責（這是董事長特別交代）。這種過分的款待令你很不自在，好像你是此行列的共謀成員。也許太安逸了，你的風寒症狀愈加惡化，不知為何就突然萌生想遁離這裡的念頭。

離開前一晚，他們特地請你去吃牛肉火鍋進補身子（門外蹲著兩位抖手的藏族乞丐，使你吃得很不安），又陪你寄明信片，又執意替你付清了買感冒藥的錢。你知道他們是善良的，心裡卻對他們懷著一股千萬的愧疚，到底還是無法認同他們在「別人土地上」聚資的商業行為，雖然他們也做著「似乎」同等的善事。

第三天早晨，你整裝就緒。公司六人全員到齊塞在一輛車中，尾隨著你的單車一路送你到十公里外的飛來寺。

你們在巍峨無雲的梅里雪山前留影，經理依照藏禮習俗，在你的頸項掛上白色哈達（你覺得有點造作滑稽），又買些松柏香枝為你祈福燃煙。她不捨地說：「半個月後，我們也要離開德欽了。因為一近冬季大雪就來了，工程根本沒法兒施工，所以我們衹好回鄉等明春再回來。你去的路上，可能將遇到不少大雪，甚至碰上雪阻封山的情況。凡事不要逞強，不管到得了拉薩或到不了拉薩，都別忘了捎個信息兒給我們。」他們交給你每個人都事先填好住址的空白明信片，你收下，沒有說好或點頭，衹有淡淡微笑說：「我會照顧自己，你們別擔心。」

其實，你是為了告別他們才選擇離開的。他們原本想看著你走，但你硬請他們先走，最後留下自己孤落的身影。你在觀景台周圍的小宿店外踟躕徘徊，根本未做好準備再次騎車的身體與心理。烈陽兀自蒸著地表，你流著鼻涕，且忍不住地咳嗽了，想返回，想停下，但默默緊握著車把，你依然繼續踏上這陌生的道路。

遠遠離開人群了。

他倆已經忘卻了一切，心裡不懷抱驚恐，也不希求慰安；只有一種的直覺支配著他們——前進！……無目的地前進！自然忘記他們行程的遠近，只是前進，互相信賴，互相提攜，為著前進而前進。

——賴和〈前進〉

「這一步踏出，不知前方相遇的會不會是死亡？」你永遠不知道（除非到最後那一刻），或許，因為你不會知道，所以你有了繼續走下去的勇氣。

至今你才越過第一座四千米以上的雪山，就覺得騎車過程遠遠超乎想像的辛苦，但其實更苦的是跨上車座前的那一刻。祇要那瞬間能跨得上去，漸漸地，你便能開始習慣忍受車行的一切不適與難耐。過飛來寺幾公里，已經遠離了旅遊地帶，路面由柏油轉為沙石，讓人車危險顛簸不已，這實在歷歷可見當權者的現實。

三天前，你在黑暗中差點摔下兩百公尺的崖谷，到現在仍殘存著幾許陰影，面對下滑坡的速度稍快，你就不禁心顫不已。意外事件後，你開始學習在每個晨間和夜裡祈禱，把專注的心神投入自然的真實與空無間，但並非那種對神的告解。你慶幸看到自己經歷一場生死邊緣，所迸發的求生意志（過去你曾數度思索過自殺的念頭），排山倒海緊緊繫住現下的存活。那似乎是種原始本性的承諾：生命何等的重要啊！死亡究竟是不是一場旅程？你無所知，也不想再傷神參與了。你現在終於體會，過去曾有過的輕生想法祇是一種輕狂。

不再怨懟過去記憶的傷痕，也不再遙想未來如何，唯一的「現在」無法取代。因為過去和未來都曾或將是現在。車行間，你怎麼就記憶起那靜臥書房裡的日子，捧著書的時刻，關在一個熟悉的定點，即使數小時數天不碰見人，不寂寞也不遙遠；而今，你在陌生的空間移動行進，才過了三個小時，你居然就有種若有若無的寂寞。寂寞究竟是想像亦或感受？是想像也是感受的，你說。

你想停止與自己這樣的對話，想好好浸潤在無人的自然裡的感覺，愈那麼想，腦海裡反覆折射的聲音就愈多。過去的，彷佛都是為了現在而準備。你在山腰間停下車，望著對山的卡瓦格博峰及其而下的雪山無情的冰瀑，發現它並不看你。照了幾張相，你無趣地走了。

那體內的聲音忽又乍現，「這裡是一切動靜的歸宿／千山萬壑的起源，宇宙／和我的脈搏同步操作／大鵬在鼓翼，鶻鶻搶飛……」宇宙，和我的脈搏同步操作，鶻鶻搶飛。這是誰的詩句，誰的情境，你碎碎咀嚼著，但忘記屬筆的詩人為誰。你竟於這山脈的旅程上，一連串交響著這沸然澎湃的聲音，久遠。路途繼續延伸在斷崖絕壁間，吸了一口氣，你慢慢鬆開緊扣的剎車，好像又慢慢淡忘了甚麼。

這一路六十多公里下行，到一處平坦的近水谷地，就到「佛山」了。聽說此地為藏族「旋子舞」的故鄉。你立在村頭一眼望去，二十幾戶低矮髒黑的平房，街道上空空蕩蕩的全無一人，荒涼得覺察不出絲毫熱情舞動的氣氛，難道又是一個失落傳統的村莊？

你牽著車走進路旁掛牌的食宿店，藏族女侍生澀地拿菜單前來，沒有一句招呼的話，彷彿還帶點不知所措的神色。你翻翻那張舊皺的紙，饅頭肉包饃饃糌粑酥油茶，想起了白米的味道，你抬起頭問她，有沒有炒飯？（兩手操出吃飯的樣子。）她似乎愣了一會才點頭，也不知能否理解，就旋即步入屋後。

沒多久，一位高大黝黑的男人走出來，替你斟了杯酥油茶，「吃完飯，住宿嗎？」那漢語咬得可字正腔圓，聽見如此熟悉的聲音，你感到高興驚訝。一陣閒聊後，你才知他是漢人，當地警局裡的警察，娶了那位女侍老婆，就經營著這家小店，打算把他的根種在這裡。

這對藏漢融合的例子令你充滿好奇，但你因身分上的心虛（沒有辦理入藏通行證），對警察的印象硬是不比土匪好。你草草吃完飯，確認住房，找個緣由便遠避了他，儘管他可能是這山村中唯一能與你對話的對象。

你在河谷邊坐至夜幕低垂，黑暗壓過了水聲，才回到宿店。房內的桌上已擺好蠟燭了，距離上回再點蠟燭的時刻……彷佛已如此遙遠，屬於層層記憶底下駭人變動的地殼事件。

火舌穩穩地在一側竄起燃燒，牆上多出一個黑暗的他，你邊看著那輪廓，邊在床沿低頭振筆記錄筆記，默默輕嚼著一兩個白晝時留存下的句子，幾個簡短的辭句反覆地試探揣想，想形容秋色，形容過眼的江河，山阿，白雪，但大多時間你都是木然地望著他，或與他對望。偶爾心神突然悟覺一陣超越，再低頭時，那瞬間的意念又轉歸寂滅。

燭身的淚不斷地往下流，你為甚麼照不見自己。這一天連一輛行車都沒遇上，路途安靜得祇有風吹和單車車胎磨地而過的聲音，大片風景綺麗壯闊地展示眼前，但你卻因為在過分安靜的恐懼裡，而無心留候。這難道是你想要的旅程？你總擔心那些未曾發生過的事，自己驚嚇自己吧。應該更少點甚麼才好，少點前人的印象，遙遠的詞彙。你一個人了，不要讓誰再來干擾你，除非你自己。想著想著你不禁罪責了自己。想到這裡，終於就睡了。

那夢中的旋子舞啊！老滑的三弦琴伴奏，腳步輕快地踢踏，長長的裏袖翻飛，轉啊轉，像不停的經輪，像青稞挺拔的身軀，圍著篝火，繞著鍋，讓山谷裡的心靈縱飛，轉啊轉，轉到生生不息的高原雪水為你一瀉而下。

醒來時，你耳邊還嗡嗡作響的，彷彿有人吟哦整夜的歌，餘音繚繞不絕。你因終夜未能好眠，前額兩端沿至後腦腫脹著一股渾濁之力。揭開窗簾，陽光灼灼耀眼，你大吃一驚，緊忙看錶，整個上午竟已過了大半。你胡亂地收拾行李，恍神刷牙漱口早飯全免，追不過時間，懊悔匆匆上路。沒人趕你，祇有你趕著自己。

經過身側兩排人家敞開的門前，起初還不以為意，到了村盡頭，遇上一處無人看管的哨口，鏽蝕的鐵杆橫擋著去路，你張望著四處有無人影，都甚麼時候了，村裡還不見個人。你愣怔猶豫了一會，覺得是自己早於村人活動的時間，並不再多想。你就此充當放行者，控制著欄杆一端拖住的沙包，單手一提，低頭，輕易通過阻攔。直到你踩著車遠遠離去時，忍不住回想個究竟，昨晚與今早，那對夫婦和你，你在這村中再也沒看過其他人了，這一切實在詭異且靜得毛骨悚然，彷彿你離開了，它也將跟著消逝一樣。

紅土公路先是緊鄰著水面，高低高低地蜿蜒升降，然後一路往上而去，被逼向西北西。你不斷調整騎行坐姿，好讓胯部傷口舒服些，但總不太舒服。面對爬坡，你整個身體重量直往下沉壓，像卵囊下老頂著一塊石頭，維持久了，你也不再去在意它了。這世上不能太在意的就是自己的傷口，人是可以暫時忘掉自己，否則關注過久，它似乎真的會衍生出甚麼毛病來。此話是你三年前所講，做為現在的謹記。

都已快到午時，峽谷裡半點人蟲鳥獸的跡象也沒，祇偶爾有些落石擊地的動靜，和你節制呼吸的聲音。「千山鳥飛絕」如此這般。究竟，你的旅途憑藉了甚麼為嚮導？天候藍得很純粹，藍得不見任何的漸次與雜質，空氣裡瀰漫著你化不開的汗水。路旁的灌木叢半枯槁地顯露焦渴的模樣，山脈層層疊疊的表情顏色呈現鐵紅，像火焰在四周岩壁上吐舌，像恐龍遭遇火焚後的遺骸殘存的盔甲和鱗片。

山無窮而水已盡，愈到深處，你愈感到一種慈和的殺戮正在進行著。沙塵滲和陽光的熱浪微拂，眼前視線裊裊蒸發如透明的蛇影。你感到時間有時靜止，有時向前，有時通體一陣敞亮，有時卻彷彿被榨乾得快要裂開。

突然間，那不遠的前方，靜靜佇立著一塊不滿一米高的小碑，像個小學童般，打破你心中的沉默。到西藏了嗎？你自問著，不可置信地快步向前。真的是西藏啊！你放倒單車，站在那道小碑面前，眼瞼垂落下來，凝看著紅字印刻的「西藏」，舉步，定格，緩緩地跨過它一步，並沒有甚麼事情發生。屏息，然後再跨出了一步，世界仍舊沒甚麼改變。你無助地回望了一下，那道小碑背後寫的是「雲南，國務院，一九九七年」，祇不過這方換成綠色的字樣。

你以界碑為中線，張手想像切開自己的身體成兩邊，一腳在西藏，一腳在雲南。天空土地山脈岩石你自己仍為一體，但身體的半邊可是西藏耶。你不禁有種失落的感覺，難道這一切可供辨識西藏的領域，僅僅全由這塊不起眼的界碑來指引？而它似乎極度卑微躲藏在路邊的角落，悄悄地。

你原以為祇要跨過了這一步，生命將有所不同。當跨過這一步，你或許就不是你，而是另一個真正可去冒險和犯難的人。

追尋一種邊界的存在，它曾是如此清晰展示在你眼前。二年多前帕米爾山結之旅，你不知道為何純然就一股情緒，頂著高原症狀欲裂的頭，還堅持要站上五千一百公尺中巴邊境的紅其拉甫陸路口岸。那日山頭銀皚皚飄著無數鵝毛雪片，兩道兩米多的巨大界碑相距幾百米對望，中間一段灰色非武裝地帶，緊鄰的一邊是中共解放軍，另一邊為巴基斯坦駐守兵，在各自的範圍內鎮守肅殺的槍口。你謹慎試探著兩國士兵的眼神，雙腳偷偷地一踩一跨，一個步伐橫越兩國，剎時覺得自己比飛機飛得還快。風雪中熱情澎湃地寫下，「所有設下的邊界，都祇為了跨越。」

你於是又斷斷續續想起了海，面對海時的張望，那是否也是一種邊界呢？祇是你從未想要跨越它，模糊的天際邊線，模擬躡足的浪花，綿綿翻滾，相似非似，海面下寂靜憂鬱的藍色暴動永遠在醞釀著，一切是那麼冷靜分明的自然邏輯，「祇能靠近，卻無從抵達。」

如果不想著這些，你的旅途究竟憑藉甚麼為嚮導？你似乎微微地領略，現在的思索竟不如以往那般鋒利明白，但究竟歲月荏苒增加了甚麼又減少了甚麼。

跋涉了許多道路，這樣事實的界域告訴你，沒有守兵，沒有海天之隔，沒有山脈之阻，沒有強悍的禁區防線，也沒有一個最起碼的哨口。祇有一塊失落的界碑，靜靜地孤立著。這一切刻意造作的寧靜，企圖不引起過路人的注意，以合宜證明這是一連臍帶相同的國度，且從未瞥目分裂過。即使你已知這兩相連中根本分屬不同的種族，文化，語言，文字，甚至時間，你對著手腕上的中原標準時間，在此也能妥協適用，無所謂西藏夏至星斗二十三時才露臉，冬至二十時天光才收斂。

再一次凝視著界碑，你蹲踞地與它同高，將掌心貼在小碑上感受著它所吸附的日溫。你知曉了甚麼，又能改變甚麼。這次，倘若邊境果真有任何意義，也祇是為了——「身在現場。」向前，你對著自己說，這是最輕易的一個跨步，卻是跨過最重的一步，跨過這小小的邊境界碑，以後就得朝向更遙遠的路途。

邊境已在心裡成為一道疤痕。方向從面向它的時候，時間重新倒數計時。你還不明白自己究竟在對抗些甚麼。下一刻是一種發生，開始，結束。

你與你自己，從此一分為二。

之五

話說鹽井

她舉著小娃兒的小手背
貼著她的掌心也跟你說同樣的拜拜。
上了單車後，你沒有再轉身回望，
不知她那樣站在門前揮手，
究竟望著你的背影持續多久。
「神」不收留，而人收留你了。

你緩緩推車走上前頭遙遙連天的大斜坡。突然間，有個身影輕快地騎著單車從山坡上溜下，停在你的面前。

一身自行車勁裝打扮的金髮白種男人，車上藍漆字樣是GIANT，你下意識用英語向他招呼。來自荷蘭的旅人，他說他從成都開始騎，準備去拉薩，結果才到芒康，就遭當地警察攔阻了。警察給他兩個選擇，進警局，或儘快出西藏，他選後者。你不安地問起他：「我也沒入藏許可證，該不會也跟你一樣吧？」他聳聳肩說：「我們兩人膚色不同，你應該會比我幸運。」接著有點嘲笑的口氣：「你怎麼不用騎的？」你羞赧地回答：「No energy。」且特意加註胯下磨破皮了。他衹淡淡「喔」一聲，便像個專家般對你的裝束和單車徹底的品頭論足。你們倆似乎沒甚麼交集，各自交換了來時的路況經驗，相互道別而去。

爬完這段山系的陡坡，眼前豁然開展出緩升的坪壩。你站在至高處，隔著瀾滄江，眺望零落於對岸山脈上寂靜點點的平房。你想，應該到鹽井了。鹽井是滇藏公路入藏後的第一座鄉鎮，這裡因其特產井鹽和傳統製鹽之術而聞名。

喝了口水，你在路邊勉強解了幾滴尿，繼續沿著二一四國道前行，隨後下鹽井的村落叢聚在視線左側，距離僅僅二百餘公尺，可你根本不想再多花些力氣，繞進村裡去探訪那甚麼古老的鹽田景觀。身體的傷口和體力的流失，早就連帶奪走了你一絲的好奇心。你祇想一鼓作氣地趕到三公里外上鹽井村的天主教堂。

一八四七年，法國傳教士羅勒拿首先扮成商販進入藏東芒康及昌都地區傳教，卻被當地官員押解遣回四川；一八五〇年，羅勒拿改道雲南，轉麗江，到中甸，後在雲南維西一帶建立天主教第一個據點；而直到一八六五年，兩位法國傳教士靠著慈善施惠的手段，砸下大筆銀子在上鹽井收購土地，並廣收四方的藏族孤寡乞丐，幫助他們安身立命分地蓋房，這善行種種後，終於使得那些前仆後繼的傳教士們得以在此堅壁清野的佛教國度裡闢造教堂，同時奠定一個以天主教意志為主的村莊。儘管百多年來，上鹽井的天主教堂與外國傳教士，毀傷與劫難層出不窮，但它能在西藏的高原上留下唯一一個異樣的面孔，也算奇蹟了。

往上鹽井的路途得再越過一座山岡。據聞這山岡下的山溝和佛塔，是上下鹽井地域的劃界，也是族群與宗教的分屬。此上的鹽井多為藏族，超過半數是天主教徒，而其下的村落則以納西族和信奉藏傳佛教者居多。

找到傳說中上鹽井的天主教堂時，日頭已斜。你順著那貴族莊園般層樓高的石砌圍牆，未經允許就摸進尖頂十字架門坊下半敞的鐵柵，但裡頭的殿堂緊緊深鎖著。你以為找到教堂，就能在此安心落腳，便悠閒地坐在院落休息，欣賞教堂外糅合藏式風格的建築，五彩簷喙，紅漆的樑柱，粉白的刷牆。若不是真有那亙古不變的十字架導引，你大概還辨識不出它的所在吧。

抽了幾根菸，你等得有些不耐煩了，前去敲門，依然無人回應，你繼續百無聊賴地等著。後來似乎是藏族的神職人員回來，他無視你的存在匆匆行過。你祇好趨前禮貌地問他，可以參觀嗎？他低頭，開完鎖，手一揮不屑地說：「不讓進的。」砰！把門重重關上，留下一陣錯愕的你。

起先你還不太置信，默默地守在庭院裡。約莫一刻鐘，開放式的頂樓上彷彿有人聲在清掃。你向上頭的人大聲請問神父在嗎？一個藏漢持掃帚露出半截身子俯視著你說：「不在，幹啥的？」機靈的你謊稱自己也是教徒，想在教堂裡借宿一晚。他嫌惡地回答：「這兒沒能住。」

你自認受到欺騙，也無禮地對他堅持說有，舉出說：「是某個作者書上寫的，你們怎麼會有如此差別待遇。」他根本把你當作乞丐，準備掉頭就走。你於是放低姿態，表示願意付錢住宿。藏漢仍頭也不甩地走了。「媽的！留都不能留，算哪門子的神。」你暗罵著，心裡忍不住一股怨怒，朝著他的背影惡狠狠比了個中指。

神將你拒於門外了。沒有理由。

你落寞地步出教堂外，對於那些信仰上帝的人，感到一股灰心和質疑。一時之間，失去了目標，你不知道自己該去哪裡。牽著單車，你走在村落外緣的農地上，幾個男人背著昏沉的夕陽在田裡採收玉米。看了他們工作好一會，你才鼓起勇氣，向他們探問村落裡哪可以住宿。他們各自面面相覷，彷彿你問了一個他們從來不曾思索的問題，有人勉強操著漢語，指引你要到下鹽井去。其實你早料到下鹽井那樣規模的村落肯定能找著民間招待所，但你就是不肯妥協回去，或者應該說，你已放盡氣力不想再走回原路，且又想到次日還得再費勁爬上上鹽井的山岡。你決定，不到最後一刻，絕不回頭。他們也懶得再理你。

你守在田埂上，漫不經心地望著單調的農田。有個六、七歲的小女孩走近你。沒有對你討東西。你也不在乎再多一次白搭，便向她問，這兒有招待所嗎？祇見她呆靜地仰視著你，甩著兩頰邊的辮子搖頭，不知是表示聽不懂或是沒有。你比著睡覺啊，兩手依偎在側臉。小女孩講了些你完全不懂的話，轉身就跑。

沒過多久，她牽著一個抱著娃兒的婦人出現。你們又一陣嘰哩咕嚕溝通，婦人頻頻搖頭，遲鈍地說：「去，我。」你似乎明瞭她的意思，但又怕她會錯意而反悔，再度向她確認，比出睡覺的模樣。她也回你同樣的手勢，然後指著小丘上不遠的農舍，就這樣你跟著她回家了。

房舍外圈圍著籬笆和與肩齊高的柴薪，前院還種著齊整的菜苗。走進屋內，先是放糧草和關牛羊的畜間，再跨入一道窄門，才是廳堂，四周牆面用圓木重疊垛成，地板為扎實的平土。空蕩蕩的客廳裡，靠牆擺著兩張長椅和箱型桌，一旁陳設著黑漆的度母神龕，鄰邊的毛澤東圖像頂後掛著太陽彩虹，爐灶在另一角。

你坐在鋪著氈氌的長椅上，為了避免無言的尷尬，就裝作逗弄著藏婦的兩歲小娃玩。後來你覺得這樣的造訪有些失禮，便詢問藏婦附近可有商店能買點甚麼。她依然比劃著。你問小娃去嗎？他不怕你抱。你抱著小娃出外，隨後藏婦也跟著出來，表情匆忙，大概突然想起她竟把小孩輕率地交給一個陌生人吧。

你們買完香菸和汽水條，後頭尾隨著一列看熱鬧的孩童，嘻嘻哈哈地跟著你們至藏婦家門前，彷彿大夥兒都來看一個成功返鄉的商販。

廳裡多了位男子與老人在喝酥油茶，是藏婦的丈夫和爸爸，他們幾乎也無法用漢話與你溝通，而你再怎麼講還是扎西德勒（吉祥如意），土基奇（謝謝），果巴（朝聖），拉薩拉薩，幸虧買的牛牌標誌的香菸讓他們露出難得的微笑。藏婦擺出吃飯的模樣，你搖頭。原來你已錯過他們晚飯的時間了。藏婦好心地盛上微溫的玉米渣飯，又炒了一盤辣椒配土豆，給你當晚餐。你吃得汗流浹背。晚間，你就睡在客廳的長椅上。

室內的黑暗疊著窗外的黑暗，濃密無垠。一陣即將衝破腹腔的壓力，驀地將你喚醒，醒時窗架搖得戛響，是山風在號叫。你爬起身，伸出雙手，但看不見眼前的手。你嘗試去摸探周遭的物體，多是撲空，連謹慎踩出的步伐也是空的，一切都彷彿陌生，甚至包括你回手摸著自己的臉時。

終於——在地上摸到腳邊的保特瓶罐，裡頭還有些水，而漲痛的膀胱已顧不得你再有猶豫。你放棄去屋外解尿的念頭，拉下褲子便把尿噓在罐裡，動作還得再放輕些，以免驚動隔房熟睡的主人們。再回被窩裡，臉微微發燙，你的睡意被沖淡了，感到唇沿因氣候乾燥而裂開。遠方的狗不斷咆吠，風始終無情地吹吼相應。你想起停置在院落的單車，不禁有些擔心，即使前後輪都鎖了，憂慮仍然不減，畢竟它第一次不在你的視線裡，看不見它，你才發覺它原來對你竟是那麼重要。而且不知為何在這些不安的思緒中，你夾雜著一點點對自己的卑微之感。

天微啟，瘀青一樣的色澤。昨夜即使睡去，你仍清楚知道自己翻了幾回身，除了一份憂慮外，總還覺得有東西緊緊壓在胸口，難以喘過氣來，也許是高原症來襲。才三千公尺海拔，那未來若到了更高的地方該怎麼辦？你睜開眼，遲遲不想起身。聽見門被打開，急忙又閉上了眼。

隱約的人影走至桌旁，安靜了幾秒，離去，便聽見鍋鏟和鐵鍋傳來的回聲——是藏婦。你模糊地看見她燒菜的背影，想跟她說早，又不知如何啟齒，祇好繼續裝睡。她又炒了盤土豆，配著碗飯擱置在桌邊，就走了。待腳步聲完全走離屋內，你趕緊起身整穿衣服和鞋子。

藏婦究竟怎麼看待你？她獨自早起，為你準備餐點，靜靜坐著看你吃飯，沒有任何臉部的表情。她知道你對她懷著說不出的感激嗎？但這份感激似乎太淡，太薄了，如一線香，難以捕捉難以延續。

你吃完了飯，在外整束單車上的行李，她抱著小娃兒出來。該是你告別的時候了，她拼拼湊湊混音的單詞加上手部動作，努力用著你的語言說話。你斷然以為她在問你，「甚麼時候再來啊？」你擠出一抹尷尬的微笑，腦海裡瞬時閃現一個意念——你彷彿曾經與她熟識，某個前世，或者前世的前世，也許都不是，祇因你習慣了那股身上濃濃的酥油味兒。彷彿感到她久違的熟悉，卻是說不上來的。

跨上單車，轉身，你竟然無法對著這眼前的人道別，那先前幾乎是無語的，你竟不會跟無語裡所相識的人說道別。一股糾結的情緒，發生在如此淡薄的煙塵中，難道是因為第一次借宿在藏人家裡，所措手不及的舉止茫然嗎？哪怕祇是一張單薄的長椅，一盤乾辣椒炒土豆，一碗粗糙的米飯。你卻不知如何給予適切的回應，甚至有種難以割捨的情感。終於你還是舉起了單手，說拜拜，她舉著小娃兒的小手背貼著她的掌心也跟你說同樣的拜拜。上了單車後，你沒有再轉身回望，不知她那樣站在門前揮手，究竟望著你的背影持續多久。

「神」不收留，而人收留你了。

上鹽井朝北出發，先是一段單線道的滑陡坡，右舷為衝天的絕壁，左舷是幾百公尺的斷崖，路面坑窪不平，岩壁上剝落的赭色岩塊到處散布。此去再無人煙。順著山道顛躓地往下滑，緊繃精神，風聲呼呼在前，冷冽穿透擋風衣服，胸膛是熱的，你像奔跑在山脈膚肉裡翻出的血管。手剎車久握後，愈來愈有一種磨損過熱後的鬆弛和焦灼的味道。接著鋸齒般盤環山腰上的坡道開始往天長，而原本該立在斷崖邊的國道里程標碑，不知何時起，竟失去了可供辨識的蹤影。

停車休息後，你才覺醒到橫斷山脈上吞人的氣勢。環伺周圍，一片死寂，一座一座疊嶂猙獰的山脈霸據了整個世界，沒有任何蟲鳴鳥獸的行跡，牠們似乎全都不敢涉足。連雲也不敢，光禿著的亮天。

瀾滄江如逶迤的小蛇翻出淺黃的肚軀。當你立在斷崖與懸壁之間，向遠眺望，一陣恍若極電高潮的戰慄，天地的視線剎時旋轉了起來。你不得不將身子蜷縮退卻。卑微交替著恐懼和血腥，你無法再用感官去追索，逼視。可是你又嘗試對著連綿的群脈，扯開喉嚨吶喊，想借著聲音為自己壯些膽，終究這企圖過後帶來回擊的是「震耳欲聾的寂靜」。如果說，這一切果真有甚麼自然的啟示，或美的啟示，那麼它所喚起的必然是可怖的，致命的，與孤絕相連。

紅是山脈的主調，從東經九十八度以東，北緯二十九度以北，兩條抽象的分割，橫斷山脈就以它最深的血層面世，橙紅，棕紅，磚紅，血紅，絳紅……，不管烈陽的曝曬與冰雪雨水的刷洗，它堅頑的呈色兀自不曾稍改。

其實早在洪荒時代，藏東的橫斷山脈原本是大海，歷經上億年的地殼蠢蠢抬起，夷平，隆升，又再一次的造山運動中，南來的印度板塊衝撞擠壓著歐亞板塊，迫使它別無選擇地推升向上爆衝，挺舉。而這一切的驟動，來得太快，也太激烈了，使得橫斷山脈被擊破的各個峰頂尖銳如錐，岩層詭譎裸裎不假修飾，崢嶸裂變，自西而東，造出一脈一江的景觀：伯舒拉嶺，怒江，他念他翁山，瀾滄江，寧靜山，金沙江，沙魯里山。橫斷，乃指稱山脈與水系的並排而言，它們實為縱貫地躺著，流著。怒江南接緬甸薩爾溫江注入印度洋，瀾滄江抵越南為湄公河流往南海，金沙江則硬是迴了一個百八十度的大彎，放諸東流形成中國的長江浩浩湯湯灌進東海。此三江水道的最近距離，不過相隔六十六公里，但各自出海卻有數千公里之遙。

這一切曾經祇是在你中學時期地理課本背誦的紙面，如今，巍峨聳立地佔據在你的眼前，需要你付出一切實質的體力逐步走過它們，如朝聖。你無法想像能超越些甚麼，根本不敢，因為這裡是「千山萬豁的起源」。

如果橫斷山脈曾為一片海洋，那麼你此刻踩踏的車道會是哪一股洋流亙游而過的溝壑呢？

失去了路旁里程的標碑指引，儘管你謹慎地行在同一條路上，朝著北方，但似乎又並不那麼篤定，總不免懷疑自己是不是錯過了某條曲徑，而誤入荒野的殺戮。經過半天光影，日陽由東向西傾斜，你在一處鞍部遇到了一個漢子，他獨自睡在簡陋的塑膠棚架下。

你將漢子喚醒，問路，某些壓力彷彿得到釋放。但他臉上的表情卻沒有因為見到一個難得的外人，而顯出和善或高興。你問他山口有多遠，他指著「那，」一手卻擋在你的視線前。哪裡啊？遠方數來前後疊映著四座劍齒般的山嶺，你不好意思要漢子將手拿開。挪了頭，再問一次，哪一座啊？他的手竟又靠著你的臉過來，再次佔據你的眼前，指「那啊，哪啊。」於是你換個方式問他，多久能到？問完，你便覺得自己可笑，他當然不知，除了你自己，誰能告訴你由此到那山隘要花多久時間？

漢子說：「不遠，去去去。」口氣聽來好像要把你趕走。其實根據你過往問路的經驗，「不遠」往往指一天的時間內都算數，「去去去」則要你儘快趕路，怕你危險摸黑夜走。這樣的三言兩語，比手劃腳，也許你的目的不全是問路，而在尋索一種孤獨曠野裡的人間調和。

再往更高處跋涉，停車休息的次數愈來愈頻繁，體內的水分鹽分大量流失，汗水不斷湧冒往塵地上落，轉瞬就蒸發了。說不出的耗累，冥茫的感覺裡，你已緊緊貼住了大地。你逐步地邁出懸崖和峭壁之間的威脅，路道轉入一片茂密的針葉林帶區。黃昏時，你終於遠遠望到了一縷裊升的炊煙。

邊坡的樹叢中突然竄出三個小孩，在前頭的路旁先張望著你，待你從他們面前經過，他們旋即快步跟上，幾雙小手便合力朝車後座扶推。你吃緊的腳筋稍稍放鬆，但那不均衡的力道卻差點令你跌下單車。兩個小孩玩玩無趣地走了，祇留下一個女孩持續努力不懈。

聽著身後的喘息聲，你有些不忍，停住車，決定自己來推。你準備回頭向女孩道謝時，她低著的臉抬起，髒亂的髮縫中夾著幾片乾縮的枯葉，右眼珠明顯爆凸翻白，左眼臉肉外綻，一道淺淺粉色的淚光。她咧嘴笑了，露出像是崩壞墓碑的黃牙，你咽了口氣，覺得惋惜，一時說不出話。

她伸出手，嘿嘿，做出要錢的樣子。你的傷感迅速退潮，甚至轉為一股憤怒。你佯裝不懂她的意思，遞出一塊乾糧，她接過去卻氣得把它摔在地上，用腳碾爛，發出一種不尋常的委屈的聲音，還拍打著你後座上的行囊。「米都、米都（沒錢）！」你氣得大喊著，在空中抓住她黑污的小手，她驚恐地停止了一切動作，失去瞳孔的眼神似乎在控訴。那個模樣，讓你有點懊悔自己為甚麼要那麼激動地對待她。

你推車走了，但女孩始終跟在後頭保持十尺的距離。再沒多久，路旁就有一排低矮連間的木房，其中一間門前掛著牌子「紅拉山自然森林保護站」。你在敞開的木門前，問了幾聲，有人在嗎？有人嗎？無人回應。你便將單車靠在門口，鎖上，逕自走到裡頭的長椅上休息，你發覺兩腿已痠麻得抬不起來。屋外有小孩推擠嬉鬧的聲音。約莫又是他們吧，你想。精神既疲憊又恍惚，眼皮漸漸地沉下，完全失去了意識……

小巴客車裡，擠滿無數陌生的異族人。車裡頭漫漶各種霉臭，香菸，家畜屎味。你推開車窗，想要呼吸些新鮮空氣，但窗外飛沙揚礫的，你於是又忍不住地闔上窗。小巴司機不顧一切地在那蜿蜒的山道中飛快蛇行，車內的每個人都抖晃得如篩子上的豆穀。你不知為甚麼會坐在這班車上，究竟要去甚麼地方？你看見自己黃疸的面容，鬍子長到托腮，體膚久未梳洗，孢菌正發著芽。你已這樣落魄流浪很久，但不知究竟流浪多久了？突然，一處急轉山彎，把所有的人都甩歪。你努力緊握著拉環定穩在座位上，深怕一不小心就把身上的髒蝨頑垢，沾染到一旁穿著一襲白色衣裳的小姐身上。一開始，你祇敢偷偷地用餘光瞄她，好奇她為甚麼穿著如此淨白的衫裙坐在這輛破舊的車裡；她又為甚麼在顛簸的車行中，還那麼安然和煦地微笑呢？你試著鼓起勇氣對她說：「小姐，看到妳穿得那麼整潔坐在這兒，真的讓我感覺很不自在。」她臉上的笑紋漾得如纖細的水波，接著竟把身體挨著你，說：「黑衣白衣，不都是要拿來穿的衣服嗎，若要衣服不髒，何不把它掛在櫥窗呢？」……

眼睛才剛迷濛睜開，你赫然看見先前那個缺陷的女孩，正把她的小手偷偷探進你腹前的腰包裡。她看見你睜開了眼，被嚇了一跳，你還來不及回神，祇見她縮回了手便驚呼連連地往屋外跑。

紅塵

之六

數十個人或趴或躺堆疊在卡車上，
到了邊界附近被放下車，
剩餘幾百公里山路他們祇好用走的。
解放軍邊界地帶移守不定，
隨時準備狙擊逃亡的信徒。

從雲南德欽進西藏一百五十多公里路，瀾滄江峽谷周圍盡是些橿櫟灌木蕭條的植被面貌，但至此為止，一切突然都有了嶄新的變化。你抬頭雖能繼續遙望六千七百四十公尺的雪山梅里，與達美永雪山六千三百九十四公尺，兩山頡頏，可季風顯然已不再被那些連嶂絕頂的峰巒阻擋。它終於窣窣緩緩地從哪個方向和縫隙滲進了此坡谷，使鬱鬱的雲杉開始生長，呼應季節的時變紅黃掩映，而樹梢上的針葉正對著充足的水氣伺機攔截，裹身一層半白的透明。

你坐在紅土路旁，無力乾望著對面倚在木房前的單車。藏漢從山坡上提著兩鐵桶水緩步走下：「睡醒啦！我看你在椅子上睡著，就去外邊兒提水。」你搔頭，羞愧地笑了。他坐到你身旁問：「一會兒騎嗎？（你無語。）今兒打哪過來？」鹽井，你說，這離山頭還有多遠，往前有住的地方嗎？「十幾公里呢，六七公里外有個道班。（你衡量著體力和時間，那起碼得再騎兩個小時。）」他遙遙指向對山的梅里：「你看那神山背影，一排排多麼遼闊，你跟著它騎好幾天了吧……（你點點頭。）我看你今兒騎不過山口的，天那麼晚了，再往山裡去，說不好會遇到狼喔。」

狼！哪來的狼？你撐大著嘴。「熊都有了，怎麼沒狼。」他領你走向房舍後。你竟然看見一隻關在鏽蝕鐵籠裡的幼熊。即使祇是隻病懨懨的熊，也令你驚訝不已，原來你已大意忘記這片山林本是屬於野獸的境域。藏漢笑嘻嘻說：「別誤會，我可是保育人物勒。牠是被農民逮住，讓我花錢贖來的。待一陣子給牠長強壯，就野放了。這山頭哪些東西沒有，我中間那房裡還養了兩隻潑猴子哩。」

「住這唄？」他主動問你。昏黃的山谷裡驀地掀起了寒風，沿坡迤邐的樹海沙沙地刷，一聲比一聲響，像匍匐到耳根邊的萬頃海浪。你哆嗦著，將衣領拉高封至脖頸，四肢疲麻得早就不想動彈，但又深怕借住這荒山人家，說不定有個「萬一」。不過，你仍答應了。比起黑暗中面對野外可能蟄伏的危險，你應該也別無選擇。

他打開門上扣鎖，一股霉酸混著灰沙的氣味迎面，房內堆滿雜物，勉強祇剩下兩人微微挪動的空間。「今晚你睡這床，」他把攤在床上的破書收起，疊整好舊皺的棉被。「棉被就這條，湊合著用吧！我的夥伴們都下山回家，房門都鎖了，借不著棉被。」你以為你們兩個男人得相擠在這張窄小的單人床，還得共蓋一條被褥，那會是甚麼情況。正想去卸下自己車上的睡袋和帳棚，他阻止：「唉——別拿。我睡的那公房有火烤，多蓋幾件大衣夠了。這兒山高，晚上沒火烤凍勒，你自個兒棉被包緊吧！」

模糊的窗外一片瘀青暗紫，落山風聲轉而像刀斧般霍霍地伐。你坐在公房椅鋪，既放不下疑慮，卻有點莫名奇怪的感激。

藏漢認真地引火燒犛牛糞餅，濃煙燻得你眼淚直流。你將臉近靠焦黑變形的熱壺旁，底下微潮的鞋腳幾乎緊貼著爐壁。他穿過白霧端上一碗酥油茶讓你捧在手心：「喝完就舒服些了。唉——怎麼這時候騎車？還一個人，搞不好會死人的，你知不知道？」你抿著嘴，分不清是難過或寒冷的哆嗦，等胸口一股氣悶順流後，才避重就輕地說自己是廈門大學的研究生，單位上給了點錢讓你來考察研究，錢不多，又想來那麼遠的地方，最後便落得衹能選擇單車代步，你故意把自己形容得很窮。他搖著頭，不知是同情認許，亦或覺得你愚昧不堪。

尷尬的靜默中，你們的肚皮都禁不住發出了聲響。你拿出腰包裡的壓縮乾糧，示意同他分著吃。他婉拒你：「哪那麼苦，啃那玩意兒。」隨後騎上摩托車說去買方便麵。

門沒關緊，室內的燭火一次次熄滅，又一次次重新點燃。你凝視著自己既疲憊又不安於室的身影，仍懷疑自己留宿陌生人家的決定到底對否。他可是現在這世上唯一知道你下落的人，但他不認識你，你的存在或不存在，也許對他來說根本無關痛癢。

四面的牆板裸露著一圈圈年輪印記和乾草般粗糙的刨絲，樑柱邊斜插的鐵釘上懸著一幅毛澤東泛黃的像，對角另一方，則是十世班禪喇嘛揚起嘴角披著白色哈達，坐落在屋角的神龕前，點著燈泡酥油祀奉著。兩張相片，毛澤東看外，班禪望內。班禪十世大半生都沒能在西藏土地上好好活過，藉由一些文獻閱讀，你知道他曾在北京坐了十幾年牢獄，釋放後仍長期被軟禁在北京城裡。這是你第一次那麼專注地端視他，一股油然而生的心情，你在他的面前合掌膜拜，因為——有太多無助了，關於天候，關於人心，關於陌生的紅土地。

時間過了許久，藏漢怎麼還沒回來？你這一路騎，附近沒遇過甚麼村莊小店，他究竟去哪？你想起被鎖在另一間房裡的單車，就有種恐慌。你坐下，又起身，探出門外在黑暗中急切地張望，猜想著發生了甚麼意外，或藏漢會不會趁此時去找幫手回來準備把你擒服。事到如今又能如何，是你自己願意留下的，你祇能等待，並且相信篤信佛的人，「應該」是善良的。你拾起竹簍中的木條，塞進爐膛，點點火星如螢火蟲飛舞明滅，但不管爐火再怎麼興旺，屋內總感受不到應有的溫暖。

一股冷氣又削到面頰，你睜開眼睛，原來藏漢回來了。他果真買方便麵回來了。等不及麵的軟化，他已大啖完兩碗，你祇好客氣地將自己尚未開動的第二碗還給他。門外驀然探進另一個男人，他坐下來先打量著你，目光與口氣不怎麼良善。他們用族語低聲彷彿討論些神秘的事情。你刻意低頭喝湯，迴避著一種芒刺在背的感覺。你愈聽不懂那口語間的交談，腦海裡就不禁浮現電影「龍門客棧」的場景。

總算那個更陌生的人離開了，你稍稍自在些。但下一幕，究竟會怎麼發展，你有一些假設，一些想像。他們可能明目張膽地搶，也可能暗地裡偷。此時的你，祇希冀自己能留下一命就好。長久以來，你失卻了對人的信任感，卻偏偏反覆借著肉身想去驗證，去推翻自己對人的懷疑和偏見。你掏出二十元給藏漢，說這是吃住該付的錢。他摳著八字鬍吐著煙，面無表情把錢推還給你。

「吃得飽嗎？」你回答很滿足了，這是一路來吃得最暖的一次。「累不累？不累的話，聊個天唄。」你滿身倦意卻不敢拒絕，希望借此機會與他拉近些距離，至少確信是能感到心安的情分的那種距離。他說連著幾日沒說話對象，一個人在山裡無聊得很，正巧你來了，邊說邊調撥扶手旁的卡式老收音機。模糊斷續的歌謠依稀低迴，那並不像這年代裡的聲音，而是某個深山孤老單音的吟哦。你想找些話題消解面對面的尷尬，又不知該說些甚麼，而他似乎也是。他在你的杯裡一次又一次斟滿酥油茶，催促你多喝點，對你剖析高原上喝酥油茶的必要。

藏漢回頭翻出一本縣府規劃的《芒康圖誌》，說你既然來研究，便不能不知道芒康周邊的景區地點——鹽井，曲孜卡溫泉，紅拉山，莽錯湖……，字型是簡體。此地稱小昌都，沿著這片山谷往深處走，不遠就能到達國家明令一級保護動物「滇金絲猴」的保育區，聽說牠們的重要性堪可與國寶熊貓比擬。儘管號稱維護國家級動物的保育站，卻祇是幾根木條薄板拼湊成的屋子。你問藏漢是當地人嗎？為甚麼到這裡工作？他淡淡地說：「顧猴子，總好過城裡唸教條的公務員唄。」

你似乎聞到一絲絲懸而未絕的情緒。他從櫥櫃裡提出一瓶青稞酒，要你陪喝。藏漢是不帶紅線綁繩的康巴人，他說現在頭上若再繫著紅線就落後了。一談到康巴，他便散發著神采：「你知道嗎？那『康』是『大地』的意思喔。誰能比我們更懂照顧自己的土地。」他又點了一根菸，眉頭上幾條深陷的皺疤，淡化不少。你也接連陪抽，頭腦便開始發暈發脹，你忍住，怕影響這難得培養的氛圍。藏漢起身拿起鐵壺，從爐膛的火光中央放入牛糞餅。你故意問起那角落供養的畫像是誰？

「十世班禪，我們的活佛。」

你大膽地順著活佛的話題推進，達賴呢？你知道他嗎？藏漢面露驚訝的表情。你聽過許多在台灣修習密宗的人士和藏地的旅遊專家，不祇一次地告誡你在西藏時最好不要對藏人提起「達賴喇嘛」，他們總說，現在的藏地不比以往，很多的藏人早已被中共政府宣導的思想同化，你不怕死不怕抓就儘管說吧！但不管人家曾如何好言相告，偏偏你是那種寧可相信自己直覺而去觸碰禁忌的人。

喝下杯中酒，他反問你對達賴了解多少，難道不知達賴在這兒是禁忌？藏漢摩挲著下巴的鬍渣，許久不再發言。

終於盼到他沙啞的聲帶傳來訊息：「我都知道，甚麼都知道。達賴也是我們的活佛，祇是他沒法兒回來。他在印度很久了，我知道那兒已經有了自個兒的組織。我們想他。」他的話不禁令你巍巍一顫，你乍然變得更加敏感，覺得他似乎要告訴你一些甚麼，啟發你一些新的知識與關懷。那——你們現在普遍的西藏人對達賴的想法呢？

「你問我這沒事的。不過，如果你向我們老一輩的藏人問，他們可會氣沖沖給你兩巴掌。畢竟在這兒，我們不願向外人多談，我們懂得保護自己。即使不能說，達賴仍活在我們的心底。我們是偷偷地做，偷偷地想。」「現在仍有官員來檢查我們的收藏。有些人會把達賴相片藏在屋簷邊高掛的花盆裡，到安全時才偷偷墊上椅子，摸出來看。那大膽點的人，就把達賴的照片包在胸前的『嘎烏』等護身符裡；還有的人，乾脆逃到印度去追隨他了。」「每年加起來，有一兩千藏人逃過南方邊防唄，可總有半途被邊防武警逮住，被槍打死的。即使有些逃得過去，但聽說，耐不住天寒凍壞了鼻子耳朵手指腳趾，唉——」

為何那些藏民們要冒著生死之命越界？究竟這麼做值得嗎？兩年前，你曾在岡底斯山脈上跟隨四、五十個藏民擠在東風卡車中去拉薩，三天三夜的路途，你不知在那顛簸的車上，目睹過多少次磕長頭的朝聖者在四、五千米的山脈上苦行。當時你懵懵懂懂，根本無法體會那些人的意志與決心。那天人結合的景觀，即使過了多年，仍舊反覆盤旋在你日常的腦海裡。

如今藏漢的話，彷彿召喚出一種更震撼的場景，像山脈深沉的回聲，使你縮小，蜷曲。你的思想瞬時掉進那場大雪紛飛的逃亡旅途。數十個人或趴或躺堆疊在卡車上，到了邊界附近被放下車，剩餘幾百公里山路他們祇好用走的。解放軍邊界地帶移守不定，隨時準備狙擊逃亡的信徒，如獵手槍口對準季節歸徙展翅的候鳥。他們祇能趁夜南逃，逃離解放軍的領域，前面還有六千多公尺山脈橫阻。一個九歲男孩，他的父母存了三年錢，託人把他送出西藏，他是哭著離開他在拉薩的父母，逃亡的時刻他仍是哭著跟在那些自顧無暇的人群後方，或許，或許他再也不會回到西藏了，再也見不到今生的父母。如果越得過這些群山，他就可以親眼目睹那曾經祇是聽說的活佛慈悲的面容，他以後的生命將學習成為脫離塵俗的喇嘛，歸屬在遙遠的印度菩提。

你的視線有些模糊了。藏漢的臉似乎刻意隱蔽在樑柱投射下的陰影裡，他低沉的嗓音又從沉默中傳來：「你去芒康就知那兒有多少漢人了。（那拉薩呢？）拉薩藏人多。解放幾十年了，政府說要重視我們藏族，但真正掌握政治和經濟權力的還是漢族人。這些高官大多從中央派下，說要幫助我們建設，實際都是來撈錢，撈了幾年，他們回中央不僅升官還發財勒。你說氣不氣，用我們土地我們的人，我們最多祇能做『副』的，副的意思是啥都沒，大家都敢怒不敢言。不過，有些深山的『老藏』可凶勒，他們有槍械，專搶過路的貨車和來人，看不順眼的便殺了。政府也難管他們，要打，他們就往山裡鑽，四川甘孜州那邊狀況最多。」

「我想我們藏族人要革命是不可能了，但如果達賴號召，我相信八九成的藏人也還是會支持他。」你提起爐台上的壺為他斟身斟茶，他止住你的手，繼續勸酒。為甚麼藏漢要對你說這些禁忌的話語，難道不怕你是同仇敵愾的漢人會告發他嗎？

你終於願意卸下狐疑的心防，對他承認自己祇是個台灣來的旅者，欺騙他無非是想讓自己多一層保護。他聽完，絲毫不驚訝不在意，連頭也沒抬，祇靜默地抽著菸，喝著酒。

你對藏漢說：「我了解過一些你們的歷史，但你說的，遠比我知道的更多。」話一出口，你便暗自懊悔著自己所謂的「了解」究竟附著在哪個支點上（那也祇是一方可能偏頗的觀點）。藏漢認為八九成的藏人會支持遠在印度的達賴喇嘛，顯然時間證明當年解放軍「解放」西藏，造成的影響和破壞，至今還未全然遭人遺忘。它或許逐漸被沖淡甚至被接受，但它的確發生在某個過去的時間空間，成為事件，被現下記憶著它的人銘刻一生；若再加上當前藏人社會權力的分配不均，造成的衝突與矛盾……。你思索著種種問題，卻不好再對藏漢多提問些甚麼了。

你想起那位曾生活在藏地十多年的漢人作家馬麗華，寫了四大冊數十萬字西藏報導，其中許多故事涉及她親身到當地的查訪，一遇「中共政府」部分，總連戈倒向讚美「毛主席」好好好，或解放軍如何成功地建設規整藏地，以至西藏有今日繁榮的盛貌。最令你印象深刻的一段話，來自她採錄格桑扎西這位智慧老人批評西藏政教合一的舊制度所言：「當年的叛亂打著護教衛法的旗幟……，達賴如果捲土重來的話，肯定會引發第二次革命，不是來自外部，而是西藏人民要起來革命（達賴喇嘛）……」馬麗華這段話，與藏漢親口告訴你的不同，也與你實際體會的經驗迥異，到底誰被蒙蔽？馬麗華，藏漢，還是你。

為甚麼有人說這樣，而他方參與者說的卻是截然相反的話語？如果祇是立足的角度不同，看到的面向各異，那為何，當權的一方總要施以消音滅絕的手段，來鞏固自己鏗鏘有理的聲音？三千多座寺院曾經被踏平到祇剩三座，難道還不夠？你在自由的社會裡卑微，但那些藏族人呢？中共解放軍在西藏每條重要的道路和城鄉都部署了大大小小的武裝兵站，這一路你騎去拉薩起碼還得碰上十個兵站，如果藏地一切都那麼平和安詳，為何還要那麼多部隊鎮守？藏人們處在極權的壓制裡卑微，在壓制下，一切更顯得無比完整。

你不斷想起馬麗華著作中的細節，想起她擔任西藏作家協會副主席的身分，想起她在高原上坐的賓士汽車，想起她對西藏的熱愛。

藏漢說：「近年達賴身體不好，目前我們藏人最害怕的是達賴一死，這裡政府屆時一定會選出一位活佛，而印度那邊也會尋覓自己的人選。恐怕將再有一次爭論和分裂了。」他長長吁了一口氣，感嘆地說：「你如果對咱們西藏歷史有興趣，可到芒康的寺廟參觀，那寺廟也算個古蹟，最鼎盛時期住了數百位喇嘛，但解放時遭到軍隊大舉壓境後，輾轉延續至現在落到祇剩下二十多位喇嘛了，也許那就是現實生活最顯著的例證。」

想必藏漢昨晚送你回房後興許又喝了許多酒，他醒來時，你已把車上行李綑好，陽光也已把土地曬暖些了。雖然經過一夜掏心談話，但你倆一早照面仍有份格外陌生的感覺。他打著長長的哈欠，恢復那原本冷酷不多話的模樣。你彷彿懂了些甚麼，便直接向他告別離去。

重新踩回紅土路上，你已較能接受這種三天爬山一天下山的日子。五公里外經過小村時，一根根碩實的十米樹幹從高坡上旋滾而下，完全無視底下過路人的安危，似乎有農民在山脊線的另一端伐木，你試著大喊幾聲要上頭的他們注意，但久不見伐木人的身影，你衹好趁縫硬闖。再往前半公里，路道施工，大型機具怪手左右開挖，簡直要把整面山壁開腸破肚，亂石堆中你且騎且扛快速閃過那些不長眼的機械怪物，施工人員撞見了沒人阻攔你，還直呼你太勇敢。

越過四千三百公尺的紅拉山口，一陣暢快的順坡下滑，追趕著風，沿途經過的幾座藏村，村民把你當作外國人「Hello! Hello!」的疾聲招呼，你無心佇足，衹管擔心著腳下的步伐隨時可能鬆脫氣力。你踩，穿行過兩側林間道路，再踩，沿著發紅的草原水谷，又踩，眼珠顫抖著灌滿血絲，直到腳筋被緩坡扯緊了，那距離芒康還有三十多公里遠。

傍晚，你終於騎到川、滇、藏線三岔路口的芒康——「善妙的地域」。西藏有三個地區特別標明其特色所在，「安多的馬，衛藏的法，康巴的人」。這「康巴的人」提醒世人該注意藏東康巴族人的強悍和驃勇，否則就是白刀子進紅刀子出。曾經，護送十四世達賴喇嘛徹夜逃亡到印度的重任，幾乎全倚仗康巴人所組成的護衛隊。據史料記載，當年，康巴藏人組成的民軍自衛隊，身體能擋的子彈是一般人的三倍。康巴男子的體態高大碩實，眼如鷹膦，頭額盤繞著紅繩結穗，常穿著斜衽皮袍，腰佩銀刀，走路開腿外八虎虎生風。也許是橫斷山脈艱險地形的阻隔影響，而造就出這地方的子民天生就擁有一副傲骨與凜然的氣勢吧。一首康巴人的歌謠那麼形容：

哦，我心中的康巴漢子喲／額上寫滿祖先的故事／雲朵托起幻想，托起幻想／胸膛是野性和愛的草原／任隨女人和朋友自由飛翔／血管裡響著馬蹄的聲音／眼裡是聖潔的太陽／當青稞酒在心裡歌唱的時候／世界就在手上，就在手上……

但實際上，初臨這康巴人聚落的芒康縣城，你未能領略康巴的熱情，就先被他們散發的氣勢，壓得目光祇敢伏在地上。尤其是他們男人腰際上那把橫頭擺尾的藏刀，以及慣常一手插在左衽內的行走方式，像冷不防隨時抽出甚麼凶器的殺手，讓外人看了根本敬而遠之。

另一個令你訝異的是，這小城中的雜亂，荒敗醜陋的屋舍，孱弱病態的牛羊，滿街大垃圾，碎玻璃，人畜屎便，旋飛的小垃圾，大沙塵，腥羶味，每一吋地表都像被車胎碾過的爛泥巴。隨著黑夜蓋天，各式各樣的店家或攤販點開小盞昏微的燈泡或火燭，你仍在找尋準備下榻的招待所，彷彿迷失於這混亂的街景。旅途中第一次，儘管你身在四處看得見人影流動的市鎮，但似乎這一切都成了活動在廢墟中晃蕩的幽靈。

找到住宿的地方，真實的感覺才又復歸回來。你再次見到那些路邊肩披著狼獸皮毛喧囂咆哮的康巴人，也不再覺得真的那麼可怕了。你轉進一家陝北餐館，點了熱騰騰的陽春麵，難得的把碗裡每一滴油湯舔拭乾淨。

步出店外，迎首夜風，你就開始乾咳不停了，摸著額頭感覺有點發燒的症狀，喉嚨卡著濃痰。你輕撫胸口，擔心若再這樣咳下去會不會肺水腫呢。盡量不去想它，但它卻不經意地襲擊著你。

在雜貨店買了飲水和紅糖，又買了張電話卡。你徘徊在街上想找個公用電話，終於找到一支能撥回台灣的電話。

等待嘟聲，你哽住氣息再清清喉嚨，那邊聲音接通，你趕緊提振精神說：「媽，是我。」「你在哪裡啊？」「住在大陸的朋友家啊。」「有沒有吃飽穿暖啊，不要一直省錢，不要一直走路喔，不要去危險的地方ㄋㄚ。」即便她老講同樣的話，你的鼻頭仍禁不住突然一酸，「有啦！有啦！電話很貴的，不跟妳多講了。我跟妳說喔，這幾天我會跟朋友上山玩一個禮拜，山上沒電話，下山後再打給妳。妳自己要照顧自己，沒事就跟朋友去外面走走。」簡短談話，總計一分十多秒，準備再幾秒跳一次二塊二的收費前，你掛上電話。許多的話開不了口，塞在胸口。

再拿起話筒，你想找個人說話，一時不知可撥給誰。你嘗試撥給H，這頭電話竟短路了。最後，你瑟縮地走回招待所樓下，意外撥通這支縣城裡唯一還未試過的電話。一口溫柔流利的語調從話筒中傳來。你差點流淚，這是半個月來，你不用再因提防自己的身分而謹慎講話，也不用再怕對方會如親人般始終為你擔憂。有時候，人與人間保持適當距離的遠，反而使你安心，但距離太遠，又總搆不到那深沉寂寞的痛處。她問：「你在哭嗎？」你說：「沒有，是天太冷流鼻涕了。」「那聲音聽起來怎麼在顫抖？」你回答：「我好像感冒發燒了。」眼前一頭犛牛正啃著地上的紙箱，寒風颳起紙箱一角，牠仍緊咬著那不該是食物的食物，不肯鬆嘴，牠牛眼珠瞪著你，緩步游移朝你靠近，彷彿下一口想把你嚼入胃裡。你害怕且虛弱地說：「我還會繼續走下去，祇是擔心身體不知道受得了嗎？現在這裡入夜後，冷得透骨。」她似乎感受不到情緒地說：「這段期間裡台灣又遭遇幾場颱風的侵襲，已經死了好幾個無辜的人。」

聽完她的話後，你突然覺得自己說得太多，而深切地感到困窘，畢竟你是有所選擇的，相較家鄉中那些已逝去生命機會的人。你不敢再提自己究竟經歷怎樣的苦了。

「我相信你懂得進退，保護自己。」十多元人民幣的數額很快歸零，你不想輕易結束這場談話，但得撐持著告別這遙遠的聲音。十月末尾，芒康的冷風呼呼吹吼，像無數個拳頭擊打在臉上，腦海裡一黑一紫反覆不斷地乒乒綻開青光，頭微疼，似乎看不見眼前的來路，冰點以下的氣候。你喃喃地自問著：「我該如何相信自己，如何相信自己，能往前不斷地走下去？」

你被服務員粗魯推開房門的聲音驚醒，四面的牆板都在震晃。你一度緊張的以為是民警查房。原來祇是隔房來了住客。等到那腰際上響鏘噹的鑰匙聲漸遠，隔房住進的一對藏族男女才開始大聲說話。奇怪怎麼天色剛發白就有人住宿，你作勢輕咳了幾聲，想提醒那對男女在三分之二高露空的隔斷外還有個人，但他們說話的聲量並未就此壓低。

在床上輾轉翻覆，口渴了，起身倒水，你無心再睡眠，拿起枕邊的《藏東紅山脈》隨意翻看，想再看看馬麗華怎麼寫芒康。隔房床頭猛然規律撞擊著相鄰的木板，女人孱弱的呻吟低低地交盪在空中。

你臉紅了，被那一陣一陣的聲響干擾，眼前密麻麻的文字陡然都變得像同形糾結的蝌蚪。你抬頭，眼睛死死盯著那一聲聲流自你們上方透明交濡的氣體，彷彿海嘯洶湧而至，把你捲起，讓你為了呼吸不得不站在床上喘息，雙手搆著牆板邊緣，窺視一場西藏雙人舞拍打肉體的海浪。但你──長長吸了一口氣，往下潛游，還是回到了書本裡。

你試著定下心，拿起另一本描述西藏抗暴四十年的書，並將它與《藏東紅山脈》相互比對。這兩本書都是你從台灣帶來的，你想在同樣的地方，端視不同的人對同樣的地方或事件的觀感如何，預想著或許可以從中襲取些更為準確的教訓吧。可斷然沒想到，這一路來，你也累積了自己實地的觀點和經驗，竟興起一股再難壓抑的情緒。

雖然祇是一場過去歷史事件的省思，你完全分不清楚真偽界線，（男人的喘息聲漸漸急促，女人維持平緩的呻吟像鬆脫的琴弦。）該如何確立自己的親身感受，而不致於失去了冷靜的把持呢？快速翻動著馬麗華的《藏東紅山脈》，一向愛書惜字的你，居然動手一頁頁狠心地將它撕下，「一二六團……沿途掃蕩了試圖阻止我軍前進的地方武裝……」，「……人民子弟兵軍紀何等嚴整，秋毫無犯的同時，開荒生產，免費為群眾看病，發放無息農貸和救濟糧，深得民心。」撕紙聲劃過了耳膜，你對某種知識的考掘產生莫名的無助和失望。

你為甚麼來這？難道祇是為了親近自然的山岳大川，或為了滿足浪漫冒險的想像？應該還有點甚麼，還有些甚麼吧，「來吧，來，找我，找我，在寺廟前寶塔後，將那些前世未了的信物帶來。」你急切地想問問，當初在這塊土地上連一隻蚊子都不忍殺的喇嘛，他們要如何執起手中的鋤頭與刀劍刃向他們的敵人。在隔房男人最後的釋放聲中，你把書撕完了，紅黑相間的書封面，一塊塊散落在白色的床單上，是新血舊血的斑落。你似乎也得到了某種釋放的快感。

穿上外衣，你收拾隨身重要物品，準備出門尋找昨日那藏漢所提的寺廟。

在街上接續問了數人寺廟所在，有的指東指西，也有的指南。該往哪裡尋去，旅行指南全無記載，你不分方向都去找。

理髮指壓店的川女郎，勾著食指嗲聲地喚：「『帥哥喔』進來『按摩舒活』一下吧！」往裡望，真有幾位長髮水溜低頭修剪嫣紅指甲的姑娘。陝北饅頭店門口，堆簇著白嫩乳房般的饅頭包子，惹亮過街人的眼。能與這塊土地慨聲同氣，大概祇剩在地上鋪油皮紙墊，那些賣著失去光澤五金用品的藏攤販，和藏肉販架在板車上那一頭頭被蒼蠅叮咬的污血犛牛軀。你覺得，藏民活得像在自家後院的流民。

在川菜館用餐，你祇點了一盤炒飯，店小妹殷勤地不時為你斟茶補水，但同樣在這吃飯的藏族人，就沒有如你這般幸運。他們點的食物，分量明顯少一些，更沒有斟茶的服務。這樣的差別待遇，絕非相差在口袋裡的錢，而是長相，服裝，甚至是膚裡流的血液。你知道這些來自陝西、四川的政策或經濟移民，生活在異地高原也不易，但他們仍能於此繼續保留著原本習慣的生活和語言；而真正靠著這塊奶水餵養的藏民，他們卻繼續地沉默和逸失自己的藩籬。

剛舉步邁過一條巷口，你旋即止步，退後，轉身。維色寺原來隱身在兩側土磚砌起的民宅間。面對半掩的大門，你的視線穿過荒暗的正形拱廊，直落入寺內空蕩敞亮的中庭。先別急著進去，你對自己說，沿著院落周圍的牆邊走走吧。你朝順時針方向繞行，一手撫觸著寺院外的土牆，那土牆竟如此脆弱，指頭劃過即碎落下細如雨絲的黃沙。

若有若無的景象在腦海掀起，這四面牆曾傾頹過幾次？當年解放軍圍攻寺院，用鐵鍊掛鉤把土牆拉垮，甚至用砲彈轟打，坦克輾過。躲在寺裡的喇嘛和村民，終於不得不挺出身軀堵成人牆，代替圍牆的缺口。前排人倒下，後面的人不斷補上，有的乾脆拿起刀劍斧頭殺出，有的竭力讓身軀在氣息已盡時，不倒，多擋了幾顆鋼鐵子彈。直到最後，最後的最後……

突然一陣電擊般的灼痛，你馬上抽回手，指皮被牆內一塊尖銳的橫石劃破，幾滴血滴在腳下乾渴的土埂中，就蒸發了，祇有指頭上一道紅漬的傷口仍在。在高原上受傷，傷口的疼痛往往比較清晰，癒合的時間比較長久。

維色寺的主殿居中，背後踞著赭色的山頭，左右側是兩層樓高的廂房，寺內的每道門，每道窗，都緊閉著。沒有唸經聲，沒有莊嚴的神態，中庭一角散落些方整的岩塊與石灰粉，幾位髮鬢星白的藏民表情惆悵，沿著主殿邊ㄇ字形的轉經筒不停繞轉，偶爾出現幾個喇嘛低頭掠過。

逛遍了整座寺院，你根本看不到它的內裡，祇能獨自待在它的外頭，審視著一些斑駁的表象和色彩。你很想找位耆老坐下來，聽聽他述說這裡的故事。

但究竟有多少藏族人能記憶自己歷史？在藏地生活的本族人嗎，或在藏地生活的他族人，還是那些流亡異邦的藏人？清代時，趙爾豐大規模摧毀西藏的寺院一次。解放年代，解放軍也徹底摧毀過一次。到紅衛兵時期，喇嘛被迫脫去袈裟，活佛們當街被摑掌吐口水，「刀山火海我敢闖。革命後代舉紅旗，主席思想放光芒！歌唱毛主席歌唱黨，黨是我們親爹娘。誰要敢說黨不好，馬上叫他見閻王！」寺院變成養豬寮，藏人的圍牆又再被重重踐踏了一次，衹是最近的這一次，參與了不少的藏人來砸自己的殿堂。干戈碰撞的鏗鏘，突圍的吶喊，爆破火舌饕餮地吞噬，屋樑倒塌，「你們歸不歸降？歸降。你們認不認錯？認錯。」

「你他媽的把鞋給我活活吞下——」

如今，沒有人會說這些了，也不准有人再憶及這些情事，一切都像維色寺無聲的金頂與法輪，早已覆滿一層層厚重且沉默的紅沙灰。你鼓起勇氣，試著跟周圍能見得到的喇嘛問話，但這裡，沒人聽得懂你在說些甚麼。他們搖搖頭，搔搔腦，望著你失散在空氣中的話語呆滯。儘管你比手劃腳，衹是問天葬台的方位，摹仿鷹鷲遨翔的手勢，發出鷹鷲的叫聲，甚至用手作勢斬自己的脖頸，劃開胸膛，舌頭伸長，瞪大眼喊著：「天葬、天葬。」也沒人懂你比劃些甚麼。

也許他們是對的，他們毋須懂你的話語，解你的好奇。他們衹要繼續說自己的語言，吃飯和安靜地生活。

你打開寺院後一扇扣著生鏽鐵鉤的木門離去，朝赭紅色山坡的最高處邁進。你以為到了那裡，就能夠一覽整座芒康縣城的風景，俯瞰這小小維色寺的全貌，或者，至少能找出還象徵著西藏精神的天葬台的位址吧。也許，到那一處鋒刃的脊線上，果真有些甚麼值得期待，但也可能甚麼都沒有，萬物蠢蠢寂寞，祇有孤落落的你，等待橙紅的夕陽順道把你也給染紅了。

之七

東達求援記

醫生祇收你十幾元藥錢，
其餘的說是要補助你再加把勁騎到拉薩去。
他還在你的脖子獻上一條哈達，
厚實溫暖的雙掌緊包裹住你的手，
祝福你旅途上一切平安，吉祥。不要放棄。

BIG CAT

早晨八點，你在竹卡村唯一一家店鋪前買水，恰好瞥見店鋪對面正有群藏民在路邊愜意地用餐。於是，你索性也找個蔭涼處坐下有樣學樣了。

「嗨！（你聽見但沒會意。）嘿！呦猴——」這次哨聲清脆響亮，你轉過頭，見到那坐在人圈中的長髮男子對你招手。你一臉驚訝地指著自己，他點頭示意，又招手，你便走過去了。男子舞著腰刀，要一旁坐在板凳上的女人們讓開一個位置。

這是你第一次那麼近距離與一群康巴藏人接觸，腦袋裡還盤桓著康巴族如何如何的問題，而顯得有些侷促不安。你不知道怎樣舉止才算合宜，怎樣的反應才不致於「得罪」眼前這群藏人。長髮男子問你去哪，你回答「拉薩」。他聽了似乎挺滿意的，馬上在麻袋裡掏出一顆灰灰的青蘋果給你。

他們一行人從昌都「扛大箱（乘卡車）」，準備前往梅里雪山朝聖，你說你不久前才在那裡轉過山。你們之間立即多了分親切的感覺。

「敢吃不吃？」長髮男子的手一邊攪弄著碗裡的糌粑一邊問你。你祇敢說好，卻暗自祈禱他可別遞上他手頭加工過的那團糌粑。幸虧你得到一碗新的。你曾吃過幾次糌粑，不過都是用湯匙或筷子攪拌，但這次，你為了表現誠意，便也使勁地學他們如雞爪般的手勢，而原本滿是灰塵的手，不一會就變白了。你身旁的幾位女人笑容燦爛，她們說（長髮男子轉譯）沒看過漢人吃糌粑，這是第一次。

長髮男子說：「漢人嫌我們髒ㄋ，不敢吃我們的東西ㄟ，你怎麼敢啊？好吃嗎？」你多少回答了些言不由衷的話。他們紛紛又熱情地獻上犛牛肉，青稞餅，你就這樣一口接著一口，甚麼都吃一些，但甚麼都覺得有股難以接受的酸腐味。你設法去習慣，甚至去喜歡跟前的這些人和這些粗糙的食物。

與他們在一起，你似乎就忘了自己該是個趕路的旅人。你希望他們也喜歡你，儘管你知道，一旦用完餐了，揮手道別，你們就再也不會相遇。為甚麼還要這些陌生人喜歡你？你希望自己有一天，果真能如他們一樣，過得自在且熱情，能拿著大骨啃肉，能擁有自己所歸屬的泥土的味道。

也不知甚麼緣故，一旁的女人們竟和你相互扳起手指，較量年紀。看著她們臉上的皺紋，粗褐的皮膚，你以為她們一定比你老。但她們竟祇不過都是些十七、八歲的姑娘。長髮男子突然指著一位對你吐舌頭（藏族對人表示好感的動作）的女人，問你：「她美嗎？喜歡不？」你定眼一看她的微笑，還有臉頰旁兩朵日曬下的自然胭紅，你發覺原來藏族的女人竟那麼的耐看與脫俗，怎麼先前你都未曾意識過。你猛點著頭說喜歡，稱讚她很美，還撐起大拇指來補強不足的語氣。在場的人哄然大笑，其他女人便給那位你指稱美麗的姑娘搔搔癢。

「那你帶她去拉薩。她想跟你去拉薩。」長髮男子故作正經地講。你也大膽地當真問她：「真的嗎？真的嗎？」她依然在笑，低頭咬著清脆的蘋果，清澈的眼珠溜溜地轉，不知道她聽得懂聽不懂，居然懇切地點起頭來。

他們開始收起食物和杯碗，準備要走了。長髮男子遞上青稞餅犛牛肉，你心儀的那姑娘再拿出三顆青蘋果給你。她當然也要上車，之前說的話無非是玩笑罷了，你怎麼能當真。你捧著滿懷裡的食物，有些莫名的感覺，怎麼倒換成你去送別，而不是如往常那般是別人送你。他們一個個爬上沒有頂棚的東風型卡車，她戴起面罩，祇露出一對依然溜轉的雙眼，凝視著你。你刻意把自己的眼神移開。一顆蘋果不小心落在地上，你急忙將它撿起，而卡車就這麼揚長而去了。

出竹卡村，土路沿之字形一再盤曲往上，瀾滄江峽谷遠遠的被拋在身後，終於——全然被山形隱沒。經過兩個小時，整座山驀地迴盪在震地的引擎響聲裡。你鄰崖往下眺，一輛輛齊整列隊的軍用卡車，緩緩地也朝山上的方向而來，沿著土路掀起漫天的沙塵。約莫十幾分鐘後，第一輛卡車追過你，接著第二輛，第三輛，它們的面積橫霸著整條路面，你祇好緊貼著山壁讓行。

這一等，彷彿沒有盡頭，卡車車輪強力地捲送沙塵，引擎不斷排出廢氣與熱浪，擠走所有氧氣，你幾乎連呼吸都喘不過來。默默數了第……第五十輛，那連綿的車陣仍不見有消滅的跡象。你，單車，撲滿層層的沙灰，活像剛出土的兵馬俑。

它們要去哪？如此荒涼的山谷裡怎會出現這樣龐大的車陣？你緊閉的雙唇稍稍張開，便討得滿嘴塵屑。塵暴，終究把一夕的天光也全都佔領了。

天空又恢復它兀自的藍。從竹卡到覺巴山隘口，相距四十一公里，海拔卻陡升一千五百公尺。

覺巴山口近高四千米，但這座山頭有如一片廢棄的荒林，被周圍更遠更高環伺的嶺脈低低俯瞰著，不禁令你覺得四方悚然暈眩。休息時，你有點渾身無力的感覺。這幾日，你祇要中途停車休息，感冒的症狀就會加遽加重。你以為這不過是種錯覺而已，要不然怎麼還能夠蹌蹌踉踉地翻越三座四千米以上的大山。可是你真的開始流鼻水，咳嗽咳得不停，且胸口隱隱發痛。這一切的症狀總在你休息時才比較明顯，它彷彿是一個深懂人性的病菌，專挑你軟弱的時候出擊。你從台灣帶來的藥品已吃完了，祇剩下些無關緊要的營養劑和減緩高山症的藥。

你壓著胸口，拍打兩下，告誡自己別再多想了，前方緊接著還有一座五千米的東達山要爬勒。你期待天黑前，能找到落腳的地方。

滑進山坳，兩側的林叢更深邃些了，不久後，你就望見山間裡裊裊騰升的炊煙，總算稍稍鬆一口氣。路邊有幾個孩童玩耍，他們一見你遠遠的身影，便聚到路中，然後撐開兩臂。車停在他們面前，你勉強擠著微笑招呼：「扎西德勒，扎西德勒，你們好。」他們嘰哩咕嚕回說一長串的童言藏語。你根本不懂。

孩童們圍著單車，左戳右摸，你說不可以，他們根本不管。你顯得有些不耐，準備踩起車踏板作勢要走，往左，偏右，孩童們擺明不肯讓道。你才恍然弄懂，他們想討你車把上那保特瓶罐裡金黃色的口服點滴。該怎麼解釋？你祇能搖頭，堅持不給，隨後一個調皮的男孩伸手來抓，你喝住他，便立即掉頭騎，暫時避開他們的拉扯。

再迴轉，你加速衝過他們反應不及的阻攔。可沒幾秒，一塊塊的石頭就從你的頂上和身側無情地飛過，你的腦後一陣電麻。

進了登巴村，你放慢車速，心情不免感到些沮喪。沿路與你對視的藏民與以往有些不同，他們大多面無表情，不然便是露出一絲詭異的笑容。「喝——呀——」遠遠猛然間又是一群小孩，拿著竹竿，從旱田埂裡赤腳衝出，朝你搖手吶喊地追著跑。你當下想都不想，彷彿成了一隻夾尾敗逃的落水狗，起身立穩在踏蹬上就死命地踩死命地逃。直到遠離了村落，四周又復歸於一片靜寂。

到底是來者不善，還是你反應過度？你祇知道自己一股憤恨和失落的情緒，難以被撫平。你的腳步愈拖愈沉，到後來完全踩不動車，確定不對勁，停車察看，竟發現後輪已泄了一半的氣。一根生鏽的鐵釘惹的禍，你突然想起那一絲詭異的笑容，差點失去理智揣起一旁的山壁洩恨。但你不過祇是連著大喊幾聲，意識到這樣舉止完全是無用與愚笨的，便滿腔怒火認栽了。

這大概是你第一次體會到單車原來是旅途上的累贅。你坐在地上，久久出神，看著它，忽略了頭上的浮雲正詭譎地聚攏著，迅速無聲。

待到你換好新的內胎時，山谷裡竟風雲變色，嘩啦嘩啦注下傾盆大雨。你一時手忙腳亂，掏出車後袋的帳棚，充當遮雨棚，以車為架，便狼狽地躲在車下。咚咚咚咚，咚咚咚咚——，雨水不斷地打在帳棚上，打在安全帽頂上，棚內的空氣潮濕燠熱，你一想到這天諸事不順，就感到猶如身陷囹圄般的無奈。淌著汗水，你督促自己多深呼吸，再深呼吸，彷彿若再加諸一點點甚麼挫折，你即將發瘋。

所幸驟起的大雨，在你快要克制不住焦躁的情緒前，剎然而止。層疊的烏雲裡慢慢綻出一抹斜陽，遠方的山脊上隔著些薄霧，輝映一彎若有似無的彩虹。

雨後的地面一片泥濘，你牽著車走，漸漸地，浸濕的衣服吸走了皮膚上的溫度，你開始覺得冷，冷得窸窣哆嗦，冷得空虛，冷到不會想該換身衣服或該烤個火取暖。直到你被一塊石頭絆倒，「幹！」連人帶車摔倒在路中，手一攤，闔上眼皮，你決定甚麼都不想管。忽然，你又覺得不妥，起身挪了挪位置到路邊，塞了兩塊巧克力在嘴裡，便像灘軟泥又躺在地上。

你再怎麼賴，終究還是起身拖著車走了，不然，你祇能坐等黑暗將你包圍。沒人能指引你，下一步該怎麼走，前進或後退；沒人能告訴你，下一刻將發生甚麼？更沒有人提供評斷，在你行經過的里程或痕跡中給出一個標準。你不知道你會勝過誰又落後誰？你似乎已對總是面對著自己，感到深深的厭倦了。

你想或許該找個平坦的坡地，生火紮營，可你卻遲遲地邊摸邊走，心底真正期盼的是，天黑前，能幸運遇上一輛過路的順風車。

彷彿微弱的引擎聲音傳來，你止步，豎起耳朵辨識。果不其然，後方山彎處緩緩駛出一輛載貨的卡車。你站在路旁引頸顧盼，對卡車大力地揮手。你又叫又跳，篤定那透明擋風玻璃鏡前的三個人都看見你了，卡車經過你時先是笨重地頓一下，結果居然沒停。一開始，你沒會意過來，還跟在卡車後頭小跑，喊著：「喂！喂！這啊！」卡車竟加足油門催上斜坡，你就這樣眼睜睜望著它消失，氣急大罵：「操你媽的屌見死不救。」這世上果真有人不願伸出他的援手。

正當你落寞間，後方又緩緩駛出一輛同型的卡車。這次，你索性攔在路中央。那車一路顛簸衝來，眼見快逼近你的面前適才剎住，還往後傾滑了一尺。一位理著平頭的司機探出頭，居高臨下叫吼：「你他媽的這樣兒攔車，找死啊！」你趕緊跑到車門邊解釋，司機一臉不悅的表情，皺著眉說：「我趕貨，沒時間的。」卡車吭吭往前移進。你祇好追著卡車急得拍打車門說，要付點車錢補貼他，他仍是不理。你又說：「這荒山裡就我一人，求求您行行好，不然到了晚上我鐵定熬不過來，會出事的。」司機似乎動了惻隱之心，終於停下看著將哭的你：「唉！算了，快點上車吧！」

你打開副駕駛座車門，爬上車座，才心存僥倖地說，後頭還有輛自行車得載上。司機瞬間又扳起臉孔，推入車檔：「不行ㄋㄚ，這車堆滿貨沒位兒，我的貨可不能壓著，你還是自個想想辦法吧！」你見他執意離去，便連忙合掌求拜，也不管尊嚴掃地，慌張落下淚珠：「我身子不舒服啊，大哥您要不願載我，讓我在車後綁條繩子，不礙您的貨，拉上我一程行嗎？一到山頭，您直接把我丟下即可。」他苦著臉回答：「沒繩吶！」「我有我有！」你急急應對不讓他再想任何藉口。

他跳下車在路邊吸菸，你飛快速度返去牽車，還不時回頭望探，深怕他反悔。你完全不似個窮盡氣力的病人。拿出童軍繩和鎖鍊，你往卡車後的鐵桿上套。這時，他竟顯得多發慈悲，不像先前那般冷酷：「不對不對，你這綁還準備騎啊！這兒山彎多，要這樣拖，你不一會就被我拖進山谷去，那我賠不起。上車去坐吧，我來搞好了。」他真顧及你的安危，你感動地看著他麻利地把整輛單車吊起，將它緊緊縛貼在卡車尾端。

在車內，你們沒有交談些甚麼。司機祇專注抽菸，老練地握準方向盤，左右轉過一重又一重的山彎，覆沉了你不爭氣的眼皮。

直到卡車行至一處山叢間的軍事基地，你這才揉著眼睛醒來。司機告訴你「榮許兵站」到了。這個兵站規模大得讓你咋舌，路的兩側林立著好幾幢斜頂的平房和帳幕，停滿上百輛棋盤整列的綠裝卡車。魆黑的天色下，士兵們操練的口號聲仍此起彼落，彷彿隨時可為戰爭整裝就緒。但「國境」之內，哪來的戰爭？你猜測先前午時所見的軍車部隊，約莫是例行的軍事操演到這吧。

你們的載貨卡車在關口前，遭到攔檢士兵口頭盤問。不知都問些甚麼，你看見司機下車又上車，表情黯淡，卑微地說明些情事。有個挺著槍來回舉步的士兵在門縫前特意瞄了你一眼。但不一會，你們又繼續上路了。

呼吸開始頓失節奏，兩邊的太陽穴抽痛像被魚鉤倒鉤住，你從昏沉的意識裡痛得醒轉，卻不敢吭聲。你衹好危坐著調適幾乎被缺氧的空氣掐死的氣息。

應該快到東達山頂了吧！你想。忽然就有一種淚水，往肚裡流。卡車像老牛笨沉地爬升，輾過一層層結霜的土壤。車頭燈光僅照見前方幾尺的距離，儘管你的意識與視線如此薄弱，模糊，但你仍細微感知到路旁兩側的流水已然結凍，銀白的雪光披在暗夜上星火般熠耀。

第一次，你總算到達標高五千米的高原，不過你就在它的面前當場頹唐挫敗。如果你可以忍，你該堅持忍住的，以證明這是一條自己完成的路，當時你若能咬著牙留下來，結果將會如何呢？你也懷疑你是否有足夠的勇氣和信心對得起自己？似乎真的有那麼一點懊悔，想重回到過去彌補你現下落寞的憾恨，可是同時，你卻安穩地坐在貨車一角，掩面感到慶幸。

卡車越過東達山正以低速檔往前傾斜，司機並沒有就此將你放下，你也沒開口問他是否要你下車。你恍若從一場夢境走出，感官裡顫抖不已。留下一些傷痕與回聲，草原枯黃，一切的峰頂，一切的沉寂，你開始思念著荷葉親吻露珠。

貨車一直開到左貢縣城末端，左轉駛入一間民營招待所的停車場，幾個工人早已苦等在那準備卸貨，抱怨連連。

司機替你把單車解下，你掏出一百元給他，他看都不看，便叫你收起。因為這些往返於四川和西藏「拉車」的司機，來回一趟起碼上萬元收入，你這點小錢根本沒讓他放在眼裡。他嫻熟地替你招來服務員安排住宿的事，就逕自吆喝其他幾位同行的夥伴，一同去洗洗塵腳，解放「姑娘」了。

夜裡你咳得凶，咳到吐出的痰色濃濁混著血絲，你不禁感到驚慌，無法安然成眠。窗外的發電機震天嘎響地轉，彷彿還滲和著遠方卡拉ＯＫ永遠的歌聲。

你起了大清早，吃完早飯，便瑟縮著虛弱的身子在街上尋覓醫院。終於你在城頭附近找到了縣醫院。但醫院裡，上下兩層，居然連個病人也沒，診療間的門窗都緊閉著。你等了一會，櫃檯窗口裡才閃過個身影。你於是卡在窄小的窗口前，問裡頭護士看病要怎麼掛號。她不問你甚麼，狐疑端量著你，然後從側門走出，將你拉到一旁，壓低嗓子說：「這裡的醫生要等很久ㄋ！很貴的！你出門後左轉往前不遠，那兒有個衛生所，門邊有小牌子仔細看，去找那兒的醫生。快去。」她的口氣似想把你攆走，你祇好半信半疑聽從她的誘導了。

衛生所像個藥房，走進室內，祇有兩個雙層玻璃櫃展示藥品。不過，一旁角落還有個蓋著簾幔私密的小門，你往裡一探，裡頭坐著臥著躺著幾位白髮孱弱的藏族老人在打點滴。

醫生是藏族人，穿著拖鞋，肚腹微凸，人中留著一撮令你反感的鬍子。他說得一口標準的漢語，問你：「怎麼了？」即使你不免懷疑他的專業，但你仍儘實地告訴他，感冒咳嗽，胸痛頭痛，好像還有點發燒。「多久了？」「這些症狀斷斷續續十幾天了吧。」你看他表情凝重地拿起聽診器，在你的袒胸上冰涼掃瞄，說：「擔心你可能得了肺水腫。」你有點不知所措問他：「有的話該怎麼辦？」「那可要送進大醫院，這兒附近醫院的程度都沒法兒。」醫生要你先冷靜（他自己反而也緊張了），張開嘴巴，又把脈，又轉到你的背上和胸前聽診許久。你默默祈禱他真擁有神蹟的能力救治你。

經過詳細查探後，他豁然開朗地笑了：「照一般人感冒那麼久的時間，得肺水腫的機率很高。但，你應該沒有（呵呵～），祇是身體有些脫水的跡象。這陣子你都做了甚麼？」你說你這十幾天從雲南開始就是每日按步騎單車而已。

他的表情變得更加柔和：「嗯嗯，不簡單，很苦吧！我想——也許正是你每天都騎著單車，大量活動肺部，才避免感冒嚴重惡化喔。」聽完這一番話，你總算鬆了一口氣，但卻滿心複雜，你從未想過這樣勞苦和困頓的騎行，竟還能拯救自己。救你或害你，顯然祇有一線之隔。

你接受醫生的建議，打了瓶點滴，並改換服用藏藥（因為他說你體內可能已對西藥產生較強的抗藥性）。

最後，醫生祇收你十幾元藥錢，其餘的說是要補助你再加把勁騎到拉薩去。他還在你的脖子獻上一條哈達，厚實溫暖的雙掌緊包裹住你的手，祝福你旅途上一切平安，吉祥。不要放棄。

之八
幫達奚大哥

「奚大哥，奚大哥。你睡著了嗎？

我還想再多跟你說些話。」甚麼？

「你覺得我回去該找甚麼樣的工作？」嗯……

「你覺得我甚麼時候結婚比較合適啊？」嗯……。

半醒半夢間，你勉強敷衍了他幾次，

終於……聲音……若有若無地逸入寒涼的夢裡了……

出左貢縣城後，沿路一直是平坦廣闊的柏油路，玉曲河謐靜地依傍在路旁，不時迸現著強烈的閃光，四周起伏的山勢曲線渾圓可親，朵朵彷如成熟女人的乳房。

這是你入藏以來，首次踏在柏油公路上，腳步似乎還有那麼一點不習慣這種奢侈。你甚至覺得這樣平順的路面應該不屬於這裡，唯一想到的連結約莫是與一百一十公里外幫達轉運站的軍用機場和基地有關。

整個白晝，你都意氣風發地快踩著單車。不過，一進入夜晚，山間冷寒的大風驟起，你倏然就露出了窘困的馬腳，掩飾不住自己倉皇焦灼的心。山風有時從後方掀起，有時迎面襲來，有時把你人車縱身攔住，有時又一個猛勁將你撲倒，或把車行的方向推到路旁的草場上。

到了幫達，已是晚間十點多。其實你也不確定是否已到幫達，祇是憑著騎行耗費的時數與疲累的程度估算而已。公路上，前頭幾百米左右各有一處微弱的燈光，你沿著筆直的路走，在第一個燈光處前停下，一看是個兵站，遂又往前尋去，居然還是個兵站，規模有足球場那麼大，四面聳立著森嚴的圍牆。你墊起腳尖朝裡望去，望了又望，遠遠的有幾個士兵的身影在屋前來回晃動。你始終屏息不敢作聲。

你折回公路，嘗試沿著路再往前走，前方依然是黑魆魆一片吃人的黑暗。走沒幾步，你迷惘了，怎麼附近都沒有任何的宿店和民家，這與你記憶中的資料不符。位處在川藏南北國道線交會的幫達，怎會連個落腳休憩的地方也沒有，祇有兩間兵站？你想，難道還未到幫達嗎，還差多遠呢？你已不願繼續冒險前行，掙扎再三，你決心掉頭回第一間的兵站去求宿。

那兵站外的鐵柵旁掛著——「中國人民武裝警察部隊交通第X支隊」。一近柵門，裡頭便傳來幾隻狗狂吼急吠的叫聲，你一時緊張得不知如何是好，急急退卻幾步。後來，你看見狗都拴在屋旁，構不成威脅，就刻意地挑釁牠們咆哮，同時鼓起勇氣高喊：「請問有人嗎？」過了一刻鐘，屋內仍沒甚麼反應。

你突然靈機一動，拿起地上的小碎石，朝那些惡狗和鐵皮的屋頂上扔，看看如此舉動能否喚起裡頭人的注意。

果不其然，平房前的燈亮了。門一開，一位平頭士兵破口罵道：「叫叫叫，叫甚麼叫。誰——誰——，哪個不怕死的？不要叫（對著狗喊）。」他凶惡的口氣，讓你不自主地口吃起來。

「幹啥的？」你囁囁嚅嚅地說：「大……大哥，我我我是騎單車來旅行考察的，在附近找不著住的地方。能不能待在你們這兒住呢？」

「打哪兒來的？」你回答，左貢。「不是啦！是問你老家在哪兒？」他倚在門邊，雙手插在褲袋裡，下巴翹得老高。你說你的老家在廣東。

他像警察審訊小偷似的接連盤問，你立在風中不敢輕易亂動。他說：「我們這兒不能住宿。」你彷彿吃了一記悶虧，卻又無法回嘴，便問他前院可以讓你搭帳棚嗎？這樣起碼夜裡才不致遇上搶劫或野獸。他還是冷峻地拒絕你。

你神色沮喪，幾乎無話可說了，祇求他指引你一條出路。你說：「該怎麼辦？這麼晚了，還能到哪找過夜的地方？真的沒辦法幫忙嗎？」

他乜著眼說：「沒有。這裡祇有『借』宿，沒有『住』宿」。你困惑地再次詢問：「怎麼說？怎麼說？有甚麼辦法想想？」察覺了一絲希望。「用『借』的就可以啦！」他邊說邊忍著大笑的表情。

「好，那，我借，行了吧？」你照他的意思回話。他終於肯前來開門。你問他，既然讓你留下，到底這說法上有甚麼差別？他驕傲的口吻解釋：「這『借』了，照規矩，就一定得還，與『住』當然不同囉。傻不愣登的。這住的話，萬一你賴在這兒不走，怎麼辦？」你覺得他存心捉弄你，卻還是裝作恍然領悟的在他面前連連點頭。

你將單車停靠在房裡的走道上，問他可需要做借住登記嗎？他祇管問你叫甚麼，做甚麼來的。你說你姓奚（因為你帶了一張跟大陸朋友的朋友借來的人民身分證，那人便姓奚），是廈門大學的研究院生，到西藏來專門考察民族風情。

「吃飯了嗎？」他忽然收斂起些許的傲氣。你說你備有乾糧可吃。「這大夥兒都吃飽了，也沒米飯，可怎麼樣也絕不能失禮到讓你啃乾糧。」他於是領著你進伙房，對著那正在刷洗鍋具的菜鳥兵嚷著：「喂！煮些麵條，下幾顆蛋，給奚大哥吃。」

吃完一大碗公的麵，他又領著你，走進一個房間，裡頭坐著幾位圍在電視前，喝酒抽菸打牌的老兵們。他炫耀地對大家說：「客人來了。這位是奚大哥，他可是個有文化有水平的一級人士喔！」你心虛地朝在場的人點頭致禮。他搬來兩張圓凳子，遞上香菸和茶水，你們面對面坐著。他自己興奮地道：「就等你吃飽了，我有好多問題想請教你，希望借用你文化人的觀點，給我忠實的批評和建設。」

你要他別見外儘管問。撐飽的肚子，更加深你疲累的感覺，腦袋昏沉，四肢彷彿脫離身體，且眼皮好幾次差點完全黏合了。「奚大哥——奚大哥——」那聲音總露骨地喚，你有時忘記他在喚誰。那不就是在喊著「你」嗎？你就是奚大哥。你必須時時告誡著自己，才能回過神來應答他的問題。

他也不管你昏倦的表情，一直說一直說，話有時像鵝毛般輕輕撫過你的耳旁。也許是高原上嚴苛的環境，令他感到愁苦和寂寞吧，你的出現，正好讓他得到一個發洩情緒的機會，可以肆無忌憚抱怨著：「這裡好無聊啊！難得找到伴聊天。我們整天鋪路，修路，都是為了一個月多過內地人一兩千元的工資（在西藏當兵有特別加給的費用）。」你才了解他們這種兵，其實跟路工沒甚麼兩樣，而非你原本以為的武裝解放部隊。

他二十一歲，在西藏當了四年兵，槍靶子拿不到幾次。他老認為自己虛擲了不少年輕的光陰，更甭提與社會完全脫節。他說他正在思考該不該向長官提出退役申請，早點返回重慶老家與父母團聚，也回到真正的社會裡好好闖蕩一番。他想知道你這個有「一級文化涵養」的人，會如何解析他的人生難題。

你也就順水推舟頂著「文化人」的頭銜滔滔不絕地講評——你說他多待在這兒幾年即使掙了不少的錢但總是固定的死薪資對未來能有甚麼助益？你要他知道當兵靠的是關係沒有後台想高升那簡直比登天還難且現在不抓緊時機回去到老想回頭時就後悔莫及了。你見他一臉心無旁騖深信不疑的神色，就更放膽地高談闊論——甚麼男兒得立志四方不要被困在這遠方一角軍營耗掉自己下半生，甚麼年輕有的是本錢不該怕冒險與其空想不如儘快回鄉打拚去社會多闖蕩磨練把吃苦當吃補，甚麼多去認識幾個好姑娘好好談幾場轟轟烈烈的戀愛，甚麼孝敬父母絕對勝過遵從一天到晚撲克牌長官的臉他們絕對不會在乎你生活是不是美滿幸福。（你說話的口氣似乎忘了自己不過祇是個二十四歲的年輕人。）

他聽完，先是默默不語，你不禁擔心自己是不是說錯甚麼話，挖錯了「牆角」。他捻熄香菸，赫然重拍一下大腿，接著便露齒開懷摟住全身僵硬的你說：「奚大哥，奚大哥，你說得真對！（這次他喚你名字時你接得很及時，手心泛的汗收斂了。）上次我打電話回家，我父母也支持這種回鄉打拚的想法。你們文化人果然頭腦比較清楚明確。今晚，經你這麼一指導，我就安心許多，不胡亂思想了。」「下禮拜，喔不，是下下禮拜，我們隊上長官一回來，我一定向他稟告辭兵回鄉發展的事。然後，說不定下個月我就能回家了。來來來，慶祝你的到來，你不喝酒，那就再多喝點茶多抽根菸吧！」

他帶你回他的寢室，寢室裡有另一位同房的室友，他就對那室友直誇你是如何滿腹涵養與睿智，若他有任何疑問可千萬要把握這難得的機會請教你。

你被他捧得雙頰燙熱。他讓出自己的床鋪，體貼地為你鋪床，且多奉上一床厚實的棉被，怕你不習慣夜裡的寒冷，而他祇剩下一條破舊的床被和一件軍大衣蓋身。突然，他又想到甚麼，便熱切地拿了兩壺熱開水瓶與臉盆到你腳下，堅持要你把腳丫浸暖後才好入睡。

燈都熄了，你仍聽見他窸窣的聲音：「奚大哥，奚大哥。你睡著了嗎？我還想再多跟你說些話。」甚麼？「你覺得我回去該找甚麼樣的工作？」嗯……「你覺得我甚麼時候結婚比較合適啊？」嗯……。半醒半夢間，你勉強敷衍了他幾次，終於……聲音……若有若無地逸入寒涼的夢裡了……

卡車隆隆地駛離軍營，車頭兩盞大燈死瞪著黑暗，你靠窗坐著，看著窗外山谷間的雲霧迷茫。吵嘈的引擎聲中，遠方竟傳出一陣喧天的鑼鼓吶喊，一列隊伍扛著花轎浩浩蕩蕩筆直前來，卡車祇好停靠在山壁邊，等候迎親隊伍先行。等了許久，你不耐地跳下車，和司機窩在一旁打閑抽菸，你不禁好奇地想著，這大半夜怎麼會有迎親的轎隊呢？正思索時，轎隊裡一個紮著兩根小辮的女孩，突然就往你身上披了一朵豔紅的彩球，詭異地對你直呼著：「新郎倌，新郎倌，新娘姊姊正等你掀頭蓋呢！」你一臉狐疑，霧重得你也還沒能搞清楚南北東西，大夥便將你推至花轎前，替你揭開布簾，不知誰抓了你的手踢了你的腳逼得你頓步撲前，不小心摘下了那新娘頭上的紅布巾。

「奚大哥，奚大哥，我們終於結為夫婦了。多虧你，我的人生將從此不同。」你瞠目結舌望著那張塗滿粉底胭脂的嘴臉，迫近你索吻而來，倉皇轉逃間，你驚嚇地直冒汗從夢中驚醒。眼前一片黑暗，打鼾聲此起彼落。怎麼會做這樣一個夢呢？好險好險，你撫著胸口，慶幸畢竟這祇是個夢，你終究又敵不過沉墜的疲憊感，被扯入另一個遙遠的夢境裡。你最後唯一記得的一件事，是——。

之九

與藏獒對峙

究竟你的生命有多少是自己能掌握的？

你永遠都擁有至少一個向前或向後的機會，

但說不準下一刻若有飛石襲來，你會不會恰好在哪被命中？

這是不是一種對於宿命的感知？

你覺得自己已經進退兩難了。

幫達草原的色澤已經發黃許久了，成片成片的草甸乾癟枯瘦，間或夾雜著一坨一坨來自牛羊皺硬的糞便點綴，整面風景活脫像一位滿臉蒼斑垂暮的老人。一切的生機疲憊，彷彿都將歸於寂滅。

你騎了十多里路，終於在草甸上看見幾群髒黑的羊群和一戶卍字簾幔的棚帳，可四方之中仍望不見一位牧羊人的身影。炊管裡的白煙祇是軟弱無力地飄搖浮升著，似乎正在宣告草原的糧盡援缺，牧民準備下撤到背風的山腳下過冬。

沙礫沿著枯草的前緣上翻滾，順著風勢襲來，刺熱地撲打在你消瘦的臉頰。你摸摸自己顴骨上粗糙脫落的舊皮，感到一種透骨的冷，便不禁懷念起汗水淋漓下的烈陽時光。雖然這兩陀腮紅的增色，讓你覺得自己的外表儼然更像一位地道的藏人，但這又能代表甚麼呢？你有種清冷下的孤獨，因為當盡數的牧民都往溫暖的地方徙移，你才正要逆勢前往寒峭的巨嶺之上，暫時都不會再遇上你所渴念的熱烈招呼，更遑論得到一杯溫熱的酥油茶。

穿過深秋的大草原，再往眼前盤山迆邐的道路邁進，你即將踏入怒江峽谷的領域了。

業拉山隘口高四千六百多米，隘口兩側懸掛著層層疊疊五彩的旗幡，沿路則堆置著些規模不一的三角瑪尼石堆，還有數具犛牛和山羊翹角的頭骨。在藏地，每座大山的至高之處，都是藏人相信凡人能緊鄰神祇最近的地方。他們在這些大山的隘口上敬奉著彩衣與牲畜的獻祭，希望如此能讓往返的靈魂不再無助悲嚎地流涕，且聽說，巔嶺上了無罣礙的強風還會把眾生的禱願，渡往佛的跟前。

若往常，到達這一無人地帶的峰頂，你總會不由自主地跪在地上，將頭額撫觸著地表，默默地祈禱說：「我並不是來征服您的，請讓我……」但此回，你的腦袋卻空空蕩蕩，連句虔誠的話都想不出來。你祇好暫先放下這種自訂的儀禮。

當你從雪地撐起身子時，猝然感到一陣倒山的暈眩，搖兀了幾步，便重重跌坐在路旁的積雪堆裡。時間彷彿凝結於空中，傾斜的視線裡，四周的岩角如鋸齒如厲牙，剮著風尾颼颼地發出怪笑聲。你有種不想再爬起身的念頭了。

外層風衣凍得像一頁厚紙板，你掃淨衣上的雪漬後，挪身躲至背風處，失神地啃著乾硬的口糧，又喝了點葡萄糖液。其實你想趕快離開，卻不知為甚麼身體就僵化在定點，雪霧縱橫交錯，你縮抖在衣間裡，搓手哆嗦著。腦袋被灌入衣縫的寒風鑽得酸疼，耳膜內不斷穿刺著一陣陣巨雷隆隆響徹的鳴噪。

然後，無預警嘩地一聲，你把剛吃進胃裡的食物全嘔出來，鼻腔內猶聞得到胃酸攪拌過的氣息。想必因為你昨日連夜趕了一百多公里路，尚未做好充分的休息，現在又攀上這座高山，身體無法負荷使然。不過，吐過的你，身體倒是醒眼，舒暢些了。你趕忙裹緊圍巾戴上手套，迅速整理車上裝備，準備下撤到較低海拔的谷底裡。這條路接著往下二十多公里，海拔將陡降一千八百米。

單車順山勢輕鬆滑過兩道山彎，但不到十里的路程，你便身陷重重環伺的威脅中。疊嶂的山脈輻射狀向遠方無盡綿伸，溶雪殘酷刷蝕著陡壁的山顏表層，刻出一條條鐵灰的刀疤，沿徑觸目所及盡是浮雲坍塌的印記，黑漆漆地壓在路上如深淵的窟窿，不斷追著你跑。你彷彿被逼入怎麼樣也醒不了身夢魘似的墳場，不祥的預感忽而來襲——不知這次斗膽地闖入，是否還能安然倖存呢？

髮夾彎的土路，一道又一道，地面滿布著結實纍纍的泥坑碎石，速度無法加快，車胎一不小心就卡死在乾泥烙裡動彈不得。你必須高提著臀，弓著貓樣的背，借用重力的方式反覆一點一吋彈跳，側滑車體而下，要不如此，你便非得像條顢頇逶迤的蛇截直取彎而進。這番顛簸折騰過來，你的單車磨禿前後一對剎車皮，震斷了後座兩支行李鐵架。想不到這世上居然有下山比上山更為費神耗力的路——怒江山上拐的七十二道彎。為了修車，你祇能忍痛把原本預備的剎車鋼線材料，剪出兩段來箍住鐵架斷頭的對邊，搖搖晃晃又繼續上路。

一直勉強撐到怒江的水岸，你才略微放心休息，將車子放倒在地，四肢痠麻得控制不住顫抖。你倚著江邊隆起的巨岩，又拿起乾糧和葡萄糖液搪塞體力。兩岸垂壁穹隆覆額，水道渾身黃濁吊夾在懸壁之下，緊挨著路岸不到半米距離，時而激越起黃白的沫泡和迴遲的漩渦。你想，這大概就是怒江了，雖不如想像那般浩大，但還真他媽的恐怖，它幾乎近得可以讓你直接用手觸摸。你凝神望看江面久了，魂魄彷彿就飄飄然出竅，腦海瞬間迸閃被江水沖走和慘遭滅頂的掠影。

你一邊假裝鎮定嚼著口糧，一邊攤開地圖查對。根據剖面圖研判，此後的地勢趨於緩升，你將廝伴著這條怒江邊岸，再上溯七十多公里，才能抵達八宿縣城。不過在此之前，令你深憂的是，地圖上那畫滿鮮紅叉字註記的路途——嘎瑪溝。

嘎瑪溝向來以泥石流聞名四方，祇要一連遇上幾日大雨，山谷裡的交通恐怕都要停頓個把月以上。你雖知道自己已避過了嘎瑪溝的雨水時節，但溝壑裡無法預測的飛石，才真正令你心驚膽顫。一隻踩足在懸壁上的山羊，或者一陣風，都可能導致峽谷裡脆落的質層岩地剝離，降下禍害。每年不知有多少過往的人車馬畜，遭到如此飛石的襲擊，無名慘死路邊或沉落一旁的江底。

你抬頭望著頂上一線的天色，敲敲自己頭上單薄的安全頭盔，祈禱著厄運千萬不要落到你的身上才好。

究竟你的生命有多少是自己能掌握的？你永遠都擁有至少一個向前或向後的機會，但說不準下一刻若有飛石襲來，你會不會恰好在哪被命中？這是不是一種對於宿命的感知？你覺得自己已經進退兩難了。

你知道現在的生命抓在自己手中，但背後似乎也有張看不見的手牽著你走。它究竟主導了你多少？你隱隱約約悟覺它的操控，卻不時彷彿又能從它的指縫間偷偷溜走。這一切是你得以思索的嗎？那張手的背後，還會有一張更大的巨手嗎？或者在那之外，一切將是一場無邊的界域？

再跨上車時，你的各處關節像擦在磨刀石上，你渴望休息卻不能休息，你知道自己一旦停下車，就更難再騎上車。到眼前那道隱沒在視線最遠的山彎處再說吧！等你喘氣吁吁到了那山彎，你於是又哄著自己到下一處隱沒的山彎，這是你唯一讓自己再往前邁步的方式。其實你已快踩不動踏板，握不穩車把了。嗡嘛呢‧叭咪吽，嗡嘛呢叭咪吽——騎快一點，再騎快一點，腳步總跟不上心想的速度。

雲層和雪霧開始聚壓在谷地兩側的稜線上，連成一條巨蟒底腹下層泡狀暗黃的色澤。愈往深處走，天際愈縮愈窄，逐漸被細割成一指寬的幅度，讓人難以分辨峽谷外的光影和時間。

你撐著疲軟的筋肉前進，汗腺像脫鎖的水龍頭狂瀉不止，你再次累倒在路旁嘔吐，吐出滿腔莫名的心酸——「路為甚麼永遠也走不完？你為甚麼要離人群離得那麼遠啊？」回神過後，你安慰著自己說，怒江峽谷已是最後一座，你已騎過了金沙江，瀾滄江，祇要命還在，最後，最壞的，也不過是如此而已。

你收起渙散的心神，又哄著自己繼續向前。赫然間，前方不遠傳來一連串狗叫聲。你反射動作地跳下車，在未搞懂怎麼一回事之前，你已迅速拾起一堆地上的石塊，大的小的尖的鈍的，把衣服和褲子口袋都塞得滿滿。

彼方的狗吠無疑正衝著你來，你即使兩手握住拳頭大的石塊，頭皮仍不免一陣電麻，感到冷汗乖逆著毛孔噴出，意識恍若中斷了幾秒。直到兩條狗果真來到眼前，你才奮力掙脫一場壓床的夢魘，拔起麻痺的四肢，警戒升到最高。

這一對狗一出現便齜牙咧嘴，加狠牠們的咆哮，一副準備撲殺獵物的姿態。你一眼即認出其中一條大黑狗正是那地道的藏獒——人稱狗中之王，長得近半個人高，雄獅般的大頭，皮厚背寬，腿腳粗壯，胸前一撮白毛展延到牠的肚腹上。

你見過這種獒狗幾次，但都是你途經偏遠的山村和草原，在藏民家門前和帳棚旁所遇，那時牠們全被鐵鍊緊緊縛住，光發出吼聲，就曾讓你亂了方寸，狼狽地踩空踏板，摔下車。這類藏獒通常是藏民專門飼養來守家與看羊，防山狼入侵的，大抵祇在夜半的山村和牧場才被放出，怎奈此時牠竟現身這座無人的溝壑裡。

另一條毛黃尖腮的雜種狗，體型小上藏獒兩倍多，可狗仗狗勢，狠勁絲毫不輸一旁的惡煞。起先，你根本不敢有任何無謂的舉動，祇舉擋著手好聲相勸目光慈和，希望牠們了解你的善意，可這狗不聽人語，爆著血絲怒目，不斷磨牙蹭地，一步步地朝你逼近。

你聽過藏民說過與藏獒近身肉搏的嚴重性，一旦被咬住，後果將不堪設想。為了不讓牠們再靠近，你祇好亮出手中石塊，突發奇想也跟著牠們一臉猙獰嘶吼，試圖遏阻牠們。但你的舉止反倒激化對方敵意，兩條狗狂嗥愈加劇烈，頸後的亂毛像刺蝟般針針豎起，前掌伏地，後腿弓緊，顫動流涎的嘴肉裡迸出四根暴厲的獠牙。

你退一步，牠們就進逼兩步，完全無懼你掌中的武器。你不得已將心一橫，把單車甩到面前護駕，陸續地扔擲石塊。兩條狗精明的左閃右跳，仍不見退讓。一陣亂槍打鳥後，一塊石頭擊地反彈中黃狗的腿肚，ㄆ！黃狗不見哀嚎。反而是你被自己試探性的抵抗，驚得停止手邊的動作，不敢吭聲，你怕牠們因此惱怒了豁出性命與你一決殊死。但幾秒鐘內，牠們的氣焰確實消減不少。

你以為自己就此佔了上風，擬想故計突圍，便繼續拿著石塊恐嚇亂丟，希望劈開一條血路。不過你剛踏出第一步，兩條狗就機警重新據守在路中央，激沸地吼著，不讓你得逞。雙方不知僵持了多久，直到你意識對峙的時間愈久，對你將愈不利，你祇好硬著頭皮，拿出登山杖舉在左手，用肘部抵推著車把小步推進，右手則更為瞄準地朝牠們猛砸石塊。

牠們見你轉守為攻，先佯裝退卻了幾步，之後利用你行動緩慢的弱勢，黃毛狗居中擋路，黑藏獒竟沿著江邊堤岸繞至你的後方，形成一個前後包抄夾擊的陣式。你恍然驚覺自己已然掉入牠們所設的口袋陷阱裡，退前退後都來不及了。

整顆腦袋頓時被打上死結，你緊張得連喘息的機會也無，眼裡不禁積滿急迫的淚水，不斷瞻前顧後，差點沒放聲哭出。你一步一步拖著步伐向垂壁退守，以掩飾背部的破綻。顯然牠們這次吃定你，嘴裡唾沫橫飛，身影前後蹦跳，企圖攪亂你的注意。黑藏獒率先撲來，一口咬住登山棒頭，你扯不過牠的蠻勁，終於被逼得發瘋，抓住一粒比掌還大的石塊，「幹，幹——」準準砸中藏獒的鼻頭，牠當場噴血嚎啕，前腳捂著鼻，翻在地上打滾。「幹你娘，幹，幹，幹——操雞掰——」你邊打邊罵，不顧地甩開單車，趴在地上扒沙扒礫抓石塊，拿起甚麼就丟甚麼。黃狗被你扔中右前關節，當場跛了腳，一蹬一蹬地縮到大黑狗後方遠遠避著。

一陣失心瘋的搏鬥後，你清醒不少，眼見情勢轉好，便扶起車逃。但你不敢立馬直往前奔，祇能腳跟貼著腳跟，背退著前進。你持續朝著負傷的牠們拋丟威脅的石塊，就這樣總算撤出牠們的視線外。

山谷裡依稀迴盪著吼嗚，你不知道牠們會不會就此放過你，或者喚出更多的狗兵，冷不防從後方發飆追來。你雙腿抖得上不了單車，冷汗也未停止，你祇有無助地碎碎唸著：「嗡嘛呢．叭咪吽，耶穌，菩薩，阿米肚佛——如果真的有神，請千萬千萬給我保佑。」

你輕飄飄地牽著車走在路上，一時難以從驚嚇的餘悸中醒轉過來，你不知道此刻是不是在作夢，剛發生的事情既遙遠卻又接近，彷佛都不是真的。你的膽子被嚇小，但似乎也嚇出一身的力量。

過了一座跨江的石橋，緊接著一個望不透底的黑黝黝的洞口，你在洞口前止步，興起極度敏感的畏懼。你怕那穿山的洞裡，躲著甚麼野獸與鬼怪，你懷疑那山洞上一面直挺挺峻峭的懸壁，不時滑下細碎的岩礫，當你經過那一刻，正好就是岩層坍方的時刻，而你將成為岩下孤魂，長佇在怒江谷裡。躑躅再三後，你說服了自己不看不想，緊閉著眼低頭走過。諸凡所見皆是迷障。皆是虛妄。

黑暗中，一陣寒氣浸身，戴著頭燈仍舊伸手不見五指，你到底是睜眼還閉眼都分辨不出。你撫觸崢嶸的洞壁，傾豎著耳朵慢慢挪步，嘴裡發出顫顫的聲音，想像如此或許能不至撞上甚麼鬼怪魑魅。魆黑裡似乎所有的想像也是黑暗的。雖然洞道的距離不長，但你再次見到天光，時間彷彿經歷一世之久。時間相對。

出洞過後，江水轉流右側，隨著地勢攀升，流域的幅度更為縮窄，水聲突變為陣陣嘶吼。也許疲累的緣故，導致你平衡感錯亂，有意無意，你緊握的車頭老往江堤邊偏移，彷彿有隻鬼手無形在拉著你的右舷，好幾次你差點摔下坡谷，才緊急刹住單車。你狠狠搧了自己幾個火辣的巴掌，希望頭腦能再清醒些。

然而，這一切不盡是你的錯覺，你停車察看，發現左側的懸壁裡的確夾藏著一股暗流，隱隱約約，忽大忽小，隨時將在下一個拐角奪壁沖出。你因下意識地想避開它，才使得單車愈騎愈偏離了正常軌道。你開始小心翼翼慢慢地踩，防備它倏忽湧來，它竟消逝無蹤。就這樣輪番拉扯抗衡，以為消失，卻又再次顯現，你則反覆重蹈相同的錯誤，那左壁裡潛伏的湍流壓迫實在太大，幾乎要把你淹沒在無形之中。你改為步行，也依舊不能克服那間歇滅頂脅迫的障礙。

悶了一腦的疑惑，你總是且騎且停，一度還疑心自己遭到甚麼東西纏身了。動靜之中，一道靈光乍現，你終於搞懂那暗流威脅的來源——因為兩岸懸壁緊緊相依，呈現一深凹字形的夾谷，又河床地形險落，造成怒江江水鳴聲遽放，急流湧進的音波撞上一面懸壁，再迴旋反射到對面的懸壁上，而形成一種透明的激流不斷逡巡往返於你的頭頂上，耳畔邊。那滅頂的感覺是真的，也是假的。你領悟到這點自然「運理」，不禁無奈地笑了起來。

夕陽逐漸沉入了地表，你失去自己影子的陪伴後，更增添了一份冷寒與孤寂。遠方忽而傳來幾聲槍響，接著一陣鳥聲驟起，你顫巍巍地環伺周圍，卻看不見所聽之物，四面依然祇有嶙峋層疊的山谷，和你。

你的雙腿早失去該有的知覺，你像化在大海裡載浮載沉的一根水草，隨波推移。當眼前再次出現火光跳動時，你被刺得有點睜不開眼。等到找到夜宿的地方，連空白的晚餐也沒力氣去填補，你祇能癱倒在床榻上。那已是夜裡十二點多了。

八宿記事之十

一隻跛腳的山羊，孤落地佇立在韡紋的斷崖上
你奮力爬向牠，你見到牠居然也露出惶恐求援的神情。
你餓到了極點，其實有更多是出於對飢渴的恐懼。
於是你一手抓在牠彎弧的羊角上，
一刀刺進了牠的咽喉。

當你醒來想喝水，拿起癱躺在地上的三號水瓶時，你赫然驚覺水瓶裡的保溫玻璃全都碎了。那約莫是你昨夜疲累恍神間，一個腳步不留意所惹的禍。你不禁忐忑地坐在床邊，思索著該怎麼收拾這樣的殘局。

你想自首，卻又擔心若遇上敲竹槓的店家，豈不得吃上悶虧。那乾脆到街上買只新的回來賠好了。你數著荷包裡所剩無幾的錢，設想著各種可能，但眼前最要緊的是，如何把水瓶安全地處理掉。打開房門，你探頭觀瞻四周，確定四下無人後，回頭便拿起水瓶準備帶去外邊丟。但一踏出房門，你又折回來了，你還是缺少那麼一點使壞的「勇氣」。你決定把殘骸暫擱置在床板底下。

繳交房錢時，女服務員正持著滾燙的水壺，將水一一灌入標號的水瓶裡。你趁著給她錢，伺機向她多討了兩個水瓶，心想如此便可作為住房內的障眼之用。不過你祇得逞一半。女服務員並未因收了你的房錢而顯得和藹大方。她給了你一個水瓶，聲量便像吵架般：「去去去。ㄗ，沒水，再來加。」一腳差點沒踹在你的屁股上。你滿腔不悅地離開守門檯，心裡暗想著她該不會那麼厲害知道你做錯了甚麼事吧？

八宿縣區的白馬鎮，較諸藏東其他縣區的城鎮來得齊整乾淨。小鎮長約三百米，沿街大多是白漆的門面和一派嶄新的水泥化建築，街上還寥寥栽植了些闊葉行道樹。傳統藏式的木楞房居，祇有在街道的兩端盡頭或巷裡才看得到。

太陽很大，不過在建物與路樹遮蔭的地方卻很冷。路樹上的綠葉困難地忍住不凋落。許多店家外都擺著一個方形的爐台，這樣他們便可燒水泡茶，也可圍坐在爐前顧店，烤火，閒聊，一舉數得。拉高了衣領，你頭一次在大白晝裡體會到徹骨的寒冷，那卻祇是高原秋末遲疑的輕風罷了。

放了自己一天假休息，彷彿好奇心也跟著休息。你在小鎮上繞了一回，進入一家川菜館，喝了一碗稀粥後，又再繞了一回，除了留意鎮上有間頗具規模的警察局和郵局外，眼前一切的事物都索然無味。你走在馬路中央，迎著光，後方的三輪車拖拉機猛烈地鳴放喇叭，你漫不經心地踱步著，任憑它們胡亂超車。你單人孤身的情緒似乎已走到了臨界邊緣。

一間舊破的雜貨店前，掛滿著各式大小不同顏色的水瓶，突然吸引你的目光。你在雜貨店門口停下，往裡看，視線一片模糊，陽光成束地流進昏黑的室內，光束上旋浮著細粒的灰塵。等習慣那屋裡的晦暗，你才發覺木架上擺的食品都泊著一層灰，角落邊蹲著一位中年婦人在吃飯。婦人仰起頭來看你，你也看著她，她遂又悶頭繼續吃飯。

你杵在門口，檢視著生鏽的鐵絲上吊著的水瓶，有的磨損，有的外層龜裂，都沒有標價。你想，若是婦人肯應個聲，價錢尚可，或許挑個不壞的就跟她買。可她太有個性，始終不搭理人，你也甚麼都不問就離開了。死靜的正午。之後你再有多次機會見到其他商店裡在賣水瓶，你都祇是看，像過眼即逝的櫥窗。

午睡兩個小時醒來，沒事可做，你突然覺得有一種莫名的焦慮和罪惡。你拿出明信片與筆，久久的，竟悵惘著不知能寫給誰。你祇好在明信片上署上H的名字地址。也許你想寄給自己，而非她吧，祇是你需要找個人傾訴些無聲的話，凝固的話，但該說些甚麼呢，給遙遠的人，或遙遠的你聽。一場無盡的旅程。午後的招待所裡，靜得彷彿連一根針落在地上都能清晰地聽見。

你細細返視著自己入藏後的生活，一波波泝洄的印象盡是，咳嗽，飢寒，無助和孤獨時的表情。你想把注意力拉回，沉潛在閎壯的山川之境，卻屢屢無法忘懷它加諸你身上的試煉與傷痕；想摹寫農村居民的熱情大方，卻頻頻憶及遭遇頑童的石頭追打與嘲謔的狼狽情景。

去搶佔一些有利的觀察位置，說點歡喜的話吧，你怎麼就擱淺在這些欲振乏力的片段裡。你何嘗不也從中攫取了成長的教訓嗎？回到明信片上，你一連寫了三張，記錄橫斷山脈的萬般氣象，記錄與路邊的藏民酣暢地飲食，記錄一次危難之際獲得的援助。雖然你意識到這些話語裡不免含著些美化與造作的成分，但究竟甚麼是真的，甚麼又是假的？你希望如此無聲的書面，消解你過去，現在，未來的不快，疲憊過後，你希望一切重新帶來的是寧靜，平安，甚至一夜的好眠。

寄到台灣，要多少錢？郵務員一臉疑惑望著你：「台灣！不知道耶。」他答應幫你查找，卻大聲嚷嚷問遍了所有同仁：「你看這台灣要怎麼處理？台灣要怎麼處理？」工作氣氛剎那活絡起來，彷彿進行一場公審，也引起了在場民眾的圍觀。有位郵務員說要請「高層」來處理，你的心不禁涼了半截。

幸好祇是郵局主任現身。主任問你：「是台灣人嗎？」你想說是或否，都感到為難，祇好無奈地點頭，曝光了身分。他又說：「第一次看到台灣人ㄟ，原來長得沒啥差別，說的話也一樣嘛。來旅遊的嗎？歡迎歡迎。」

主任翻出一本厚厚的郵資範例，許久都拿不準要你貼多少錢的郵票。他搔著頭說：「一元唄。」你說你在雲南貼過四元，在芒康也貼過四元，怎麼路走得愈遠，這郵資反倒愈便宜了呢，萬一貼不足，寄不到怎麼辦？主任頓時傻眼。

沒想到一旁熱心的郵務員已然撥起電話，見他默默掛上話筒，又撥了一通，你開始緊張不安，像在等待一場宣判。終於——郵務員振奮地高聲說：「台灣來的，一元。沒錯的！我替你撥到昌都地區的領導那諮詢，又問了芒康那兒的郵局，肯定他們給你收費貴了啦。」你總算鬆了一口氣。郵局裡的人都還想跟你聊聊台灣的狀況，你卻祇想趕緊抽腿，找個地方躲起來。

那幾封明信片將穿過綿亙起伏的山脈，飛越平原，再飛越海峽，踏上歸鄉的航程，想著想著你的腳步便輕快許多。你採買隔天的飲水和乾糧，仍把水瓶的事忘在一邊。走出商店外，眼前不遠處竟出現兩位威風八面巡邏的警察。一身外地行裝的你，一時走避不及，內心暗潮湧動，如果他們果真攔下你，你該怎麼辯駁？你敢再拿出那張假的身分證嗎？

戴著墨鏡，長髮披肩，你刻意地昂起頭拎著塑膠袋，假裝從容從警察身旁走過。他們睨了你一眼，你則頭也不回地繼續邁步，也不知他們此刻嘀咕些甚麼，或許以為你是女的。之後你機警地轉入一條最近的巷裡，就拔起了腿狂奔。

場景一幕幕瞬間跳離，又驟然交織。你蹲在陌生山脈的陰影裡哭泣，你怎麼走也走不出來，怎麼找也找不到糧食和水源。你不知道自己被誰拋棄了，餓得雙眼發暈，視線在晃搖，在縮小，扭曲變形。正當你幾乎氣力放盡的一刻，你看見一隻跛腳的山羊，孤落地佇立在龔紋的斷崖上無聲地叫喚，幾近無聲的。你奮力爬向牠，你見到牠居然也露出惶恐求援的神情。你餓到了極點，其實有更多是出於對飢渴的恐懼，於是你一手抓在牠彎弧的羊角上，一刀刺進了牠的咽喉，瞬間溫熱的血就有如蛛網般灑濺在你的臉上。

血光奪目逼真，還留有淡淡的血腥。你睜眼時，窗外瀉進一匹橙色的陽光，打在你的臉上，你的胸口還緊緊噗吱噗吱跳動著。這場夢似乎比所有的現實還要真實，你為自己尚處在物質無虞的商業聚落裡感到微微的慶幸。

臨走前，你拿出水瓶左思右量，確認它再怎麼也無法塞進單車的馱袋裡。你便把水瓶又留在床板下。你想這樣也好，至少不會被誤當成小偷，期盼那不久之後，服務員清掃時能發現它，進而體諒你這窮困旅者的無心之過。

出了招待所，你左轉而去，心情有些複雜，你一面自責，一面卻希望自己能儘快順利地脫離現場，這當中夾藏著一點卑鄙，齷齪，和刺痛的興奮。你愈想，雙手就抖了起來，且不由自主地連續打了幾個齒顫，像放完尿體溫下降的反應。

快速滑過一段筆直陡長的下坡，強風略微吹醒你糾結的腦袋。你停下車，想回望八宿縣城最後一眼，但它已遠遠地隱身在山脈之後，你想，別再掙扎了，現在再想回頭認錯，也為時已晚了。你覺得你成功逃跑後，對自己的譴責似乎才正要開始。它恍如隔世之事，卻又近得貼在臉頰。你強逼著自己別再回頭望了。

離開八宿轄區，接續六十多公里，將一路上行到四千五百多米伯舒拉嶺上的安久拉山口。這條路段通達九十二公里外的然烏之前，都是新鋪的柏油。隨著步伐踏轉，周圍風景漸次荒涼，一旁水道也漸次呈現涓涓的流網狀，再隨著高度爬升，你的背已溽濕，額頭密密湧著細汗。你謹慎調節著左右兩手的變速器，保持適當節奏的呼吸，轉速，彷彿一切的事情皆可如此轉過，淡忘。

你靠在路邊喝水時，一輛吉普車猛然從後方高速駛過。你不禁嘆首望著它想，如果那樣的飆速可以給你十分之一，你就不用總是再煞費心神，還要與自己體力不斷交抗。

吉普車不知為何在距離你百米前的路旁停下，幾秒鐘，車上的人都不見動靜，也不見車子有何故障跡象。你環視渺無人煙的四周思忖，那司機該不會是想來幫你打氣或致敬的吧。吉普車沒有駛離，你也按耐著不動。終於有一位盤著綠松石墜微胖的中年藏婦，開了副駕駛座的車門，走下車子。

陽光大剌剌地扎在你的眼上，那胖婦的步伐似乎針對著你來。你站在原地想，如果她真的走過來，該如何跟她招呼呢？

胖婦一到你面前，驀地一手就抓在你的車把，劈頭痛罵：「你跑啥跑？為啥跑呢？鬼鬼的，我早知不對ㄐ，該死的，扒子。」你被她轟得一臉茫然，根本不知她在說些甚麼。她邊罵邊劇烈地扯著你的車頭，你猝然像被一陣雷劈，啊！想起了水瓶。你支支吾吾了半晌，好不容易說出的第一句話：「勿係哇啦（不是我啦）！」（情急之下台語竟脫口而出。）

胖婦伸起另一隻手，你以為她當場要呼你一個巴掌，反射地偏開頭。她卻衹拉著你的手腕說：「走，說不是你。不是你就去，去，跟我去公安局說。」你聽到「公安局」三個字，便如火燒屁股般，「那那，那妳要怎麼樣？我急著趕路，妳不要耽誤我啦。」

「不去，那賠錢！」她攤開手掌忿怒不平地說。前方的司機一臉橫惡，倚在車門旁抽菸，遠遠端看著你們倆的舉動，你想，你這次勢必得被狠狠宰一頓。

你說：「又不是我。賠，也賠給妳啦，多少？」她掀出兩根手指，你聽到二甚麼，不清楚。你強硬地對她叫：「妳不放開我，我怎麼拿錢（到底是二十元，還是二百元）。」皮夾裡正巧夾著一張淡棕色的二十元，你便半疑地抽出來給她。胖婦抓了錢甚麼也沒說，轉身就走。你一直等到看著吉普車掉頭，揚塵而去，才相信這一切都是真的——二十元。

區區二十元的事，你內心的猶豫和煎熬，早遠遠超過這種計價。你感到自己尊嚴蕩然無存，她罵你扒子ㄟ。你想，如果婦人強要你拿出兩百元（你的現金祇剩六百多元），你依然會乖乖就範。

重回騎行路上，你反覆鑽著牛角尖懊悔著自己愚蠢的行徑，又覺得他們竟也如此荒謬——為了二十元，居然可以在不知你往何去處的情況下，驅車追趕你十多公里路（值得嗎？那油錢可能不止這些錢）。你被他們逮住，難道是註定的事嗎？你當初應該毀屍滅跡的。你若走別的岔道呢。你為甚麼對她的模樣一點印象也沒有。幸好不是警察來抓你……哎。

想起這一連串事，你又打了一個顫。你不禁懷疑起，你到底是怎麼樣的一個人。

之十一

波密中毒記

你開始懷疑自己是否快要死了？

你在一次自然甦醒的情況下，

竟然不知自己身在何方，也不知道自己是誰。

還有一次，你被一個微弱的聲音喚醒，

你發現你正懸浮於空中，冷冷地俯視下方熟睡的自己。

夜半時分，你突然被一陣胃痛尖銳地刺醒，不禁雙手摀著肚子，痛到在床上左右翻滾。你想起身去茅坑，卻想到那茅坑遠在屋外百米的距離，且室外黑壓壓一片，寒風颼颼。你便掙扎忍住，想就此打消下床的念頭。

沒幾分鐘，你還是忍不住向疼痛妥協了。翻開暖和的睡袋，打開昏暗的燈光，草率地套上鞋子。你勉強挺起身，倚著牆壁，虛弱地邁開艱難的步伐，但一切都來不及反應了，你的腦袋一片空白，肛門口一股洶湧的壓力竟噴射炸開。

該怎麼反應？你祇感覺從股溝，沿著大腿到腳脛，一股股溫熱的濃稠的液體在流動著。你完全無法用意識去控管自己肛門內的括約肌。

你無助垂頭看著腳下，褲管內已滲出了黑褐色的汁液緩緩滴淌在地板上。回神第一個反應，先是半拉下褲襠，馬步蹲著，隨手取了一只塑膠袋，急忙往臀部上罩。正當你試圖張嘴呼氣，準備讓屎水放心地滑流時，又一次失神，ㄨ~ˋㄜ~，你的嘴裡猛然嘔出一連串餿水般的穢物。你於是趕緊又在嘴上罩著一只塑膠袋。

就這樣上吐下瀉，一直間歇發生，拉了一陣，接著嘔吐，暫時止住了吐，立即又拉。有時兩者會同時降臨夾擊。

彷彿這副軀體已不再屬於你了。你對自己下一刻可能的反應動作，全沒有任何預警的感應。你流著口水鼻水，唇間齒顎與四肢不斷地震顫，口腔內的穢物還倒衝著使鼻內嗆酸，甚至刺激著淚腺使雙眼發紅。你光冷著下半身，肛門把你最後一滴尊嚴也給流掉了。空氣裡有種令人暈眩的悽慘。

約莫兩個多小時後，吐瀉的狀況稍止，你無力地攤靠在床邊，看著自己從手到腳沾染的嘔吐物稀屎水，驀地一股羞愧，想哭的情緒席捲而來。

窗外的麻雀聲吱啾喳響，而天也亮了。你開始收拾起雜沓的身心與吐瀉的殘局。到底是甚麼引發你這般慘狀？你一邊抹地，一邊努力回想。是騎乘的路途上接納了路邊野餐的藏民所給的生肉嗎？還是在小商店買的鬆軟變味的一元雞蛋餅乾？或者是進波密鎮後晚餐在藏族餐館裡喝的六磅甜茶（當時你怕浪費錢，就忍著腹脹把甜茶全部灌完）？你推敲著每個環節，一切都充滿著惡意的可能，但全身軟塌的你，已無力多做計較了。拭淨身上與地板上的穢物，你爬回床上，胃仍舊疼得彷彿鑽孔，作痛之間，你漸漸失去了所有的知覺。

再睜開眼時，天已灰黯。你的胃雖不像先前那麼疼，但裡頭似乎搪滿一粒粒腫硬的尖銳岩塊，頂著胃壁。為了避免自己脫水，你泡了口服點滴，嘗試補充些體內流失的水分。可那流液一進胃裡，你又痛到挨在床上翻滾哀嚎。你不僅把剛喝下的口服點滴盡數吐出，甚至嘔到最後連膽汁也給掏空了。

整整兩天，你躺在床榻上渡過，禁斷飲食。連續幾次不得不醒來，是因為嘴唇迸血裂開，並夢見身上蠕滿肥白的蛆。

你開始懷疑自己是否快要死了？你在一次自然甦醒的情況下，竟然不知自己身在何方，也不知道自己是誰。還有一次，你被一個微弱的聲音喚醒，你發現你正懸浮於空中，冷冷地俯視下方熟睡的自己。

偶爾意識略微清醒的時刻，你稍稍能夠辨識自己的存在，但你卻搞不明白自己來這裡幹嘛，要去哪裡？你想哭，臉皺縮成一團，乾乾地抽咽，卻掉不出任何一滴眼淚。你無法知道自己該為誰哭，又為甚麼要哭想哭。你脆弱，可想不到找誰援助。你不想家，不思念親人和朋友，你忘了他們。你失去了方向，或者根本就沒有所謂的方向。

第三天，身體難受的感覺總算減低不少。你開始能喝些清水和口服點滴。你終於打開了房門，走出室外，像除厄般地讓陽光曝曬軟趴趴的軀體。你試著走路，試著喘氣，一公里，兩公里，到帕隆藏布江畔，到波密縣城西北方的嘎瓦龍寺，默禱著你一生中從未做過的無願的祈求。你想你應該找個電話撥給母親報平安，但你不敢，你怕你自己萬一洩露了衰頹的情緒。

你感到身體逐漸恢復了，可你沒有絲毫的忻悅之情，因為這意味著你即將繼續踏上旅途。

晚間，你在糧食局招待所旁一間麵店裡，請老闆娘替你煮一碗清粥。等粥時，隔兩桌有四個人不時回過頭來看你。一個戴眼鏡的男子，對你招手說：「一道同桌吃唄？我們點了很多菜，吃不完。」你祇有微笑，他就走過來再邀你——主要是你服裝的樣式與他們同款。

一坐下，藏族司機便倒了杯啤酒給你。在座的另一男一女來自深圳，戴眼鏡的那人住北京。他們從成都一路包車進藏旅遊，也去拉薩。

大夥兒熱絡地勸你夾菜，你向他們解釋你這幾日食物中毒的事，現在不宜酒肉。你祇小口地啜飲清粥，他們似乎有點看不過去，便又再說：「那麼多天沒吃怎行，多少吃點肉吧，才有體力啊！」你看著那滿桌泰半都還剩下大半盤的食物，也不好再拒絕甚麼，拿起筷子，夾起一小塊白豬肉。你的手不禁虛軟地在半空中顫抖著，終於把肉夾進了碗裡，心裡突然一陣自憐，你就再也沒有任何胃口了。

他們問你還騎車嗎？會不會太折騰身體？藏族司機說：「這一會兒沿路下去，可是通脈天險勒，那路爛得很，亂七八糟，一邊還是雅江（雅魯藏布江）斷谷。」眼鏡男接著說：「對啊對啊，我們的車還可騰一個位子，你搭吧。叫司機想法兒，把你的單車置在豐田頂上綁著。兩三日就到拉薩了。」你問這路比起怒江峽谷怎樣？藏族司機回答：「更險勒，那是川藏的黑道啊！」你無語許久。

他們又問你住哪？你說就在隔壁。他們要你今晚搬去他們住的賓館，晚上好好泡個熱澡，隔早得動身趕路。

你壓低著臉，揪著你的心說會考慮，不過要他們別等你，今晚別等，明早也別等，你說，說不定還會在這多待一天休養。他們也不再多勸甚麼，祇叮嚀：「早上五點，早上五點啊！不定我們還能見面，拉上你。」你們相互道別，他們把你的粥錢搶去付了。

一早五點，你果真自動醒來，天仍未亮，你整好裝備，五點一刻出門。你沿著波密清冷的街道出城，小心緩緩地騎行，邊往前，邊四處張望。到了六點多，微曦從東面分層湧現，白皚皚的峻嶺化身眼前，你才知道，你終究錯過了他們。

朝聖者
之十二

第三步邁出，她們躬著的上身微微前傾，
膝蓋著地，上體前撲，臉面朝下，額頭碰地。
最後雙臂緊靠在髮鬢兩側，如孔雀開屏地
向外劃開一道弧線，收攏到腰際間，
她們撐起身體重心，重新再站立起來。
揚起一些卑微的塵埃，與無盡的尊嚴。

雅魯藏布江大峽谷，地處北回歸線以北五度，從西藏米林縣派鎮開始算起，先往東北繞行七七八二公尺的南迦巴瓦峰，陡然間拐了一個馬蹄形的大彎，便朝南延伸至墨脫縣境內，總長約四百九十六公里。大峽谷內的植被類型，沿谷坡依序分布，從季風雨林轉為常綠闊葉，到高山針葉林帶，最後止於極地凍原。

川藏公路南線在此境內迤邐了百餘公里，區間年雨量約四千毫米，加諸險縱的地形陡勢，便時常造成土石公路崩塌連連，「黑道」之名自是不脛而走。儘管這裡尚有幾縷人煙，但毒蛇猛虎野豬潑猴卻也同時環伺蟄伏其中，使得外人總對雅魯藏布江大峽谷地帶世居的民族，籠罩著許多詭譎幻奇的想像。

最初是耀眼的陽光狠狠地打在臉上，你朝逆水的方向騎行。不久後，地勢開始斜緩滑降，兩側的林相逐漸高漲，你終於覆沒在全面幽叢魑魅的包圍裡。

隱約中，前方突然出現兩個人身起落的背影，撐起你疲憊的瞳孔。你急忙剎住了車，摘下太陽眼鏡，立馬舉起相機鏡頭，對準，手卻顫抖著，還來不及壓下快門的瞬間，那緩慢有序的動作就溢出了鏡頭框外。於是你又重新踩上踏板，謹慎地從那兩人身旁接連經過，儘量讓車胎滑地時揚起的灰塵減到最少。但過不了百米，你又忍不住好奇，再次停下車，轉過身來凝望她們。

她們的動作三步一個循環，唇裡喃喃誦著六字真言(註)，無有間息。嗡嘛呢叭咪吽。一個步伐，雙掌拍擊出清脆的響聲，然後靜定合十；第二個步伐，朝天高舉的雙手像蓮花般，分別頓落在眉間（意），口（語），和胸前（心）；第三步邁出，她們躬著的上身微微前傾，膝蓋著地，上體前撲，臉面朝下，額頭碰地。最後雙臂緊靠在髮鬢兩側，如孔雀開屏地向外劃開一道弧線，收攏到腰際間，她們撐起身體重心，重新再站立起來。揚起一些卑微的塵埃，與無盡的尊嚴。

穿著絳紅袈裟的女孩在離你一尺的面前爬起身，拍拍上衣的泥塵，你聞到一股細沙的刺鼻味。她發出藏式口音的漢語主動對你問好，你也謙畏用一句熟練的話回應她，扎西德勒（表示「吉祥如意」的意思）。之後，你們便搔著頭傻笑了，似乎不知道該跟對方再多聊些甚麼。

女孩膚色黝黑，頭髮刺短短的，圓滾滾的眼睛，有一口白淨亮整的牙齒。她雙手套在木製的掌板，胸前裹著一襲及地的橡皮圍墊，腳下踩著薄底黑膠鞋。你特別注意到她額上一朵浮腫皮破的繭，她以為你在盯著她冒湧細汗的臉，趕忙就羞赧地脫下右手那只護板，夾在左腋，用衣袖拭去兩頰上汗水沖出的黯灰溝痕。

她接著細聲問你：「吃飯嗎？」你搖搖頭。「吃飯，好？我們。（她指自己，你，和後方仍在磕頭的女人。）」並示意你先到前方火煙升起處去等待。她說她的媽媽在那裡準備午餐。而你祇是逕自緊跟在她們身後，一手推著單車，一手持著相機捕捉她們用身體丈量天地的畫面。

女孩止住動作，對路旁撿拾枯枝的胖婦交代一些話，靜靜地又往前繼續磕頭。

同樣三步，每一步都是等量。約莫兩百米後，她取了一塊石子在路上做記號，返身往回走。

胖婦是女孩的媽媽，另一位磕頭的女人則是她的姑姑。還沒稍喘口氣，她們便忙碌地從板車上搬出麻袋準備食物，又到江邊提水回來洗碗洗頭。你呆滯地看著那些平凡無奇的舉止，油然而生一股感動。你知道她們就是所謂磕等身長頭的朝聖者。過去的路途上，你也遇過幾次朝聖者，祇是你從未見過一行都是女人，你也從未遇見過那每個步伐都踏得如此準確誠實的凡人。

也許正是出於這種感動，讓你對她們有太多的好奇與疑問了，關於——妳們從哪來？為何而來？要去哪裡？離家多久……，太多太多問題都潛藏你的心底，但你仍努力維持著一貫的拘謹，不時提醒著自己千萬別做過多打擾她們的提問。

女孩在麻袋裡搜出一包糌粑，有點猶疑地問你：「吃不吃？」你說吃。她臉上立刻展漾著笑紋，並小心翼翼從袋裡舀出一匙匙的糌粑粉倒進碗中，添入些許黃稠稠的酥油。火炬上的水壺熱滾著，她撕下一小片鹹酸氣味的茶磚，捏碎後灑入水中，完成了一套道地藏族的餐點。

她遞給你一根註明「洗淨的」湯匙，讓你可以用來攪動碗裡糾結成塊的糌粑酥油。但你接過湯匙，卻見她們熟練地將掌心抵住碗緣，摳起手指快意搓糌粑，令你不禁有些尷尬。本來正大口享受美食的她們，旋即注意到你不自在的眼神，遂把指縫的餘渣舔淨，撿起地上枯枝充作湯匙用。這時反倒你生澀地放下湯匙，低頭張手便狠勁扒起自己碗裡的食物。

你想，她們對你的好奇絕不下於你對她們的好奇，或者她們怕你感到無趣，才總是輪流地丟出許多問題陪你。

每次你的回答都拉得老長，你以為這樣傾囊竭力地訴說，能讓她們感受你的誠懇與用心。起先，女孩會與媽媽和姑姑竊竊私語笑著，之後三人便一陣沉默地望著你，搔著頭皮。連續幾番相同的狀況，你才意識到自己的自以為是，原來她們並不太懂得你的話，而是極力去猜懂而已。其實面對她們你何嘗不是那樣呢，不過你比較會裝懂掩飾。儘管語言的障礙難以跨越，彼此的窘境時常，你們仍以手勢和表情或一個漢字一個藏文，牙牙學語般慢慢地咬，彷彿也能無礙地拼湊出各自能力所理解的對方的世界。

女孩說，她們住在四川阿壩州，去年秋收後她和媽媽姑姑一同在菩薩面前發願，要到拉薩聖地。你算一算，她們這一路磕著長頭步行至今，已經一年多了。她說媽媽磕頭去過拉薩一次，所以這次推車。你說你是第二次到拉薩。你問她多大了？幾歲了？你用兩手各比著二和四，指著自己。她回比著十與九。女孩仰望著天，為她平生第一次將到心中的聖地細數著日子：「還有六百多公里，估計去拉薩還要兩三個月吧！」你想說你到拉薩大約再花十天，話沒出口便和著糌粑吞到肚裡去了。

桑吉措母，她的名字，你要她把名字寫在你的牛皮紙本上。她不會寫漢字，便寫下一排工整的藏文給你。女孩談起這名字是活佛喇嘛為她取的，在很遠很遠的山外（她的手像波浪比劃起伏）。達賴喇嘛？是住在印度的達賴喇嘛嗎？你問。她竟然認真地點起頭。你雖然不免懷疑，但莫名激動的眼角泛的彷彿是淚光。

你看著桑吉媽媽老態的模樣，微彎的背，胖腫的腰身，她如何能推得動載著帳棚衣物糧食飲水的板車呢？（你見過的朝聖者都是男人推車。）她若遇上四、五千米以上陡坡的路途該怎麼辦？若碰到猛戾的藏獒該怎麼逃？萬一下雨，降雪，山崩，路斷，糧缺了，迷路了，受傷了，生病了，遇上壞人，遭受打劫，該怎麼辦？種種問題，都盤旋在你的腦海卻不知如何脫出口，妳們會哭嗎？會苦到不想走了嗎？會想念家鄉的親友嗎？你眼前的這些朝聖者究竟憑藉著甚麼？信仰的本能嗎？殊不知這條路不祇會受皮肉上的苦，甚至可能威脅自己的生命？她們卻仍舊執一堅決地將它完成。

兩年前，適逢釋迦牟尼佛誕生的藏曆馬年，你偶然行經西南藏區，短暫參與了岡仁波齊峰的轉山儀式。那時當地藏民說，此時轉一圈神山得到的功德將比平時多出十二倍ろ。而平常轉一圈，就能洗清過去的罪惡；轉十圈，能贖盡一世的罪惡，更能免受輪迴之苦；若轉個一百零八圈，即可今生成佛。

那似乎有種目的論的緣故，才積聚如此多的信眾共同轉山。但此刻這三位朝聖者究竟能獲致哪種生命的應許（雖然那種應許無法即刻兌現）？你曾聽聞許多磕長頭的事，有人不耐風雨路途摧磨，折死在朝聖的路途上，他們的家人竟還時時感念著，甚至將它視為一種祝福。真的是這樣嗎？不為今生，祇求來世。

「菩薩保佑一路安全。凡事菩薩自有安排。」可菩薩果真保佑一生向佛的她們嗎？她們的表情寬厚樸實，透露出堅忍的神色，不亢不卑。你祇知道她們確實緊緊依靠著土地，面貌語氣都和山水風雪一致，血乳交融的生命姿態，古老而踏實。一代接一代，還不曾停過，一代接一代，不表露一滴血跡一絲淚痕，她們像一支時代遞變中的永恆隊伍，象徵對抗物質發達世界裡的永不妥協。

堅持的人是不會失落的。「你呢？」女孩問。當她們知道你獨自從雲南騎單車，也將要往赴她們的聖地拉薩，都分別豎起拇指對你表示敬佩，殊不知你其實更由衷敬佩她們。姑且不論西藏人傳統宗教信仰的問題，想像三步一次五體跪拜，得經歷各種天候地形的險阻結界，肉體上主觀與客觀必須承受的挑戰，任你怎麼想就先全然退卻了。她們的經驗是否祇是一種痛苦的歷程，亦或在痛苦中伴隨對未來生命救贖的希望，不管何者，她們對於生命演練的方式，根本是你理性之外自成一格的理性。你如何能丈量她們那顆始終顛簸不躓的心。

女孩好奇詢問你：「一個人不怕嗎？我們三人一起走，都怕（女孩左手搗著胸口右手撫著額頭，裝勢快昏倒的樣子）。」你笨拙地回答，怕，怕啊！（旁邊兩人聽你說「怕」，不禁噗哧笑了出來。）「怕，為甚麼還要走？」她持續認真地追問。你突然憶及了自己旅程出發前曾經的猶疑與怯懦，連續好幾個夜晚驚夢而起，苦悶得不知將這樣的焦慮對誰訴說。有一天，你果真身在路途，卻再也不去思考甚麼是害怕的問題了。也許，她們佩服你的緣由是你——獨自一個人，而她們卻能彼此相互扶持。

堅持的你是不會失落的嗎？你其實是個脆弱的人，這一路上總害怕陌生寂寞，害怕迷路或遭人劫掠，害怕高山險阻林間野獸，甚至失速墜崖，各種危險困難的想法從未在你的腦海悉數撤離過，可這一切似乎都不足以超過讓你無法往前推進的懼怕，你怕錯過前方的甚麼。

有時你會因緊張而感到即將窒息，但命運彷彿總拖著你的步伐往前近逼。多年來，你的心中始終有個「他」反覆不斷擠迫著你，你被他無止無懈的腳步急急追趕，你在他的陰影裡迷惘地想尋找一種突圍的姿態，堅決的聲音，可你成長的速度竟遠遠不如「他」。你來，無非是想從他時而轉強或漸淡的變化陰影裡，尋索一個逸出的機會。

你想解釋這些想法給她們聽，卻又覺得多餘。不知從何說起，因為你沒有信仰，沒有確切的形象與實證的召喚。所以你伸起食指，指向頭頂上灰濛濛的天色說，怕，沒關係，走，阿彌陀佛保佑（你故意落掌拍胸膛作保證）。她們笑開懷了，或許以為你也是個拜佛朝聖的人，才如此虔誠發苦騎車遠行。

「啊，你睡哪？」女孩又問。你說招待所，兵站，道班啊，不然搭帳棚睡睡袋（你指向單車後座的馱包囊袋）。三人不時發出連連驚歎的聲音。靜默片刻，她們自己交談著，眼光偶爾盤桓在你的身上，透露著某些無以名狀的憐惜之情。女孩轉頭問你：「吃不吃肉？」你略有遲疑（因為前些天食物中毒的身體尚未恢復），但還來不及拒絕，就見她拿出肥滋滋的臘肉，刀切下一塊巴掌大的給你。她們三人則節省分食一塊祇有你分量不到一半的大小。你了解自己已被她們視為貴客了，祇好乖乖就範去領受這份不太適宜的恩寵。

女孩似乎若有所思地望著你吃，表情忽而轉為肅穆，她要你自此以後都別再輕易接受這裡的人的給食。你不解地問，她斷斷續續地說：「住林芝的門巴人和若巴人，為了將他人身上的命和財氣轉到自己身上，會在給他們的食物裡下一種很厲害的毒素，你亂吃了會死的啊。」你聽來這雖是個未曾考究過的傳說，但見女孩嚴正的語氣：「連我們都不敢吃，怕死了。」你不免也開始調高了自己的防衛機制。

午飯結束後，女孩的媽媽興沖沖邀你與她們一同前往拉薩。你一時連婉轉的回拒都開不了口。幸好女孩及時解救了你，可她媽媽臉上的表情顯然是落寞的。臨行前，你想為這些朝聖者做點甚麼，便挪出防雨和露宿的裝備，加上些許乾糧，想回報給這些請你用餐的朝聖者。她們卻斷然拒絕，堅持說這些東西對你比對她們更重要。你就不再推諉了，另外提議為她們拍照。

你把那數位相機的液晶面板開啟給她們看，女孩驚奇地叫著。你對女孩說，要把拍攝她們的相片都寄給她。她媽媽聽了瞬時從失望的情緒裡醒轉，溜出一句藏語，女孩靦腆的表情轉述了媽媽的話：「媽媽說，好爽喔！真有那麼好的事嗎？」你直直點頭，終於感到略微的寬心。

你們各自打包完行裝，女孩跑上前來遞給你一疊厚厚的五彩風馬紙片，要你之後騎過山頂時，就把它們順風拋起，「藍色是天空，白色是雲朵，紅為火，綠為水，黃色就是我們踩的土地。」她滿懷信心的語氣：「當紙片飄飛到天空時，上天將會聽見你的願望。」這次相遇，你不僅得到她們善意的對待，更體會到一份自己過往所欠缺的執一的勇氣與決心。

你跨上座車後，不敢回頭地朝谷地深處的方向騎去，腦海裡不停閃現著這塊領域中可能的「生命風景」。緊密的沉默籠罩著你，路況愈接近縱谷深處，愈是難騎，但你騎行的速度與力道，卻隨著陽光逐漸西沉，更而加快加重。

谷地的氤氳靜靜附著在你的外衣上，逐漸聚成一顆顆細小透明的水珠，迎面的微風一撫耳便遭深野的林叢縱身攔截，灰暗的光影散碎了一地，水珠與汗粒消融彼此後，輕擊著單車滑過的泥石土道，彷彿就像朝聖者的額頭，叩——叩——叩的聲音，前仆後繼持續著，輪迴永遠不完。

註記

註　嗡嘛呢叭咪吽——六道輪迴。指天，人，阿修羅，地獄，惡鬼，牲畜。眾生因循善惡，周而復始於六道的生死輪轉中。西藏人相信，人若藉此不斷地吟誦，死後就不會誤入地獄和牲畜的邪道。

之十三 行路難

或許你的頭腦已經分不清楚
甚麼是安全，甚麼是危險了，
你衹存在一個往前的意念。
這是你一開始就選擇的旅途——貧窮，流浪。
你覺得這一關若守不住了，以後同樣的問題仍會持續重複，
你不想因這輛車的介入就此載走你的命運，
你不想平平白白就這樣放棄自己選擇的路，過一生。

行路難如此，登樓望欲迷。

——杜甫

你幾乎氣力放盡騎至通麥，已經是晚間八點。在這個小鎮盡頭找到了住宿兼吃飯的地點，飯畢後，你便早早入睡。隔日晨起，操著四川口音的招待所老闆說：「幾天前，有輛貨車在幾里外失控，滾入谷底，車上三名司機全摔死了。」他叮嚀你千萬要注意路況。你的背脊上突然竄起一股寒意，但你仍舊硬著頭皮離開了。早晨谷地中的霧氣瀰漫不散，讓你一時在岔路口分不清楚南北方向。

從通麥到排龍的路上，你終於深刻領略到這段素有「黑道」之稱的川藏公路，情形為何：有幾次，你奮力騎上短峭的陡坡時，卻狼狽萬般的摔下車來；偶若遇上那崩塌毀壞的道路，山澗之水突湧漫溢至路面，你則必須忍受那近乎零度的冰水赤腳推車，而另一邊還得隨時留意峭壁上鬆脫的岩塊無預警的襲擊。

約莫近午到達排龍。你久聞排龍的聲名，乃因過去屢次在閱讀西藏的歷險書籍中，都會反覆提到它。這裡據記載，有條路徑前往西藏唯一尚未通行公路的縣城——「墨脫」，藏語意為「隱藏的蓮花」；同時也可取徑至世上最為奇特神秘的「雅魯藏布江大拐彎」。正因它們常年封閉難以到達，至今仍保有西藏最原始傳統的人文和地理況味。或許有一天，這裡將成為你另一個出發點，去尋找那最寂靜深沉的隱藏地帶。

躲在林野小徑的排龍，祇有一間簡陋的商店和幾戶閉門的人家。你徘徊在小商店門口，遲遲不敢入內去補充糧食飲水，因為那門巴若巴族的下毒之說，始終迴盪在你腦海裡。待店家主人發覺有異，走出門外邀你進屋，你卻像一隻過分警覺的小貓，注意著四周所有動靜，包括主人的服飾，腰際上的配刀，頭上繫縛的紅線緞帶。終於確定那主人不是充滿怪誕傳說的門巴或若巴人，而是康巴藏人，你才稍微鬆弛了戒備，但仍隨時準備著伺機逃跑的心情。

圍著爐火一起取暖，康巴主人為你斟茶。他的老婆與孩子靜靜地坐在屋角玩耍。在觀察主人的確與你共飲同一壺茶之前，你一直沒有伸手將那盛滿的杯子拿起。喝了幾口茶，氣氛有些熱絡後，你才鼓足勇氣向主人問詢下毒之說的由來。他似乎有點不悅的口吻，指責你那麼輕易就相信這樣的瞎說，沒過多久他又復歸平靜的情緒淡淡地道：「那不過是古老的事兒，現在不會有這種情形了。」你為了向他表示懷疑的歉疚，連續大啖三杯失溫的茶，主人這時反倒調侃你：「要中毒，我們家三個老小不都一起陪你了。」說完當場笑聲連連。

沿著縱谷繼續往前，接下來的路途不斷地往上攀升，累積幾日來的操勞，讓你的手肘膝蓋開始發麻痠疼。你剛順利通過一處解放軍哨，一輛吉普車逆向迎來，你先側身讓路，再跨上車時，竟有人搖下車窗擺手攔你：「等等——等等——」你覺得莫名其妙，但還是忍不住好奇停下來了。

一個陌生的面孔走向你，問：「還記得我嗎？」你並不真的認得這個人，卻接下他伸來的手掌。後來經他提醒，你才憶起他原來是你在台灣組裝自行車時，那家店老闆的朋友。初識他那天，他說他也正準備去西藏，自行車店的老闆就不斷鼓吹他與你同行，他卻以各種危險的理由善意回絕了。一個多月後，想不到你們會在這遙遠的異國峽谷裡再度相逢，他的出現多少襯托你現在的孤獨與落魄。你們不能免俗地寒暄，拍照，留下彼此的聯絡方式，一旁的解放軍哨兵眼神卻詭譎眈眈，你便不敢再多作停留。臨走前，他送你一雙保暖手套，為你們短暫的相遇畫上句點。

東久是事先預設的休息站，你挺著三天無水洗澡悶臭的身軀，到了這裡依然無法如願梳洗。你祇好多花三塊錢，將晚餐的蛋炒飯加料改成肉炒飯，算是給自己替代的鼓勵和慰藉。

晚間，發電機吃力地發出隆隆的悶氣聲響，吊掛在屋內的燈泡總是忽滅忽亮，山谷裡的落山大風又無情呼呼吹吼，夾肆著驟起的大雨，襲擊在那甘蔗薄板所搭起的房間，屋頂始終不安地搖晃著，門縫間不斷滲進令人哆嗦的寒風。這個夜晚莫名的漫長，你躺在床上默默祈禱許久，才終於失去知覺睡去。

一夜大雨，讓路面滿布瘡痍，你一邊拖著沉重的步伐，另一邊還得克服泥濘的濕土糾纏車胎，這對你來說可是新的挑戰。你對這條「黑道」抱著複雜的情緒，原因是這慘淡的路況簡直不能稱之為路了；但又因為崩塌與修築的關係，使這百公里的範圍內，遍布著許多整路的工人，他們每當見你顛簸騎過，都會給予你最大聲的加油和鼓勵，令你消解不少孤獨和寂寞的傷感。

車行到四無人煙的魯朗兵站，那荒涼兵站兩側的水泥柱上，漆著斗大紅色白底的標語：「耐孤獨寂寞，建一流兵站。」你不由自主的會心一笑，懷疑這些長久駐守的解放軍賓客們，果真能被這樣的口號教條深深打動嗎？抖擻著心情，你繼續前行。還不到魯朗鎮，天已開始下起點點清雪，你不疾不緩地推著車走著那最後兩公里路。遇見路邊枯黃的草原上，幾隻孱弱的犛牛正低頭啃食著荒草，你逗趣地模仿牠們的聲音，「哞——哞——」叫著，祇見牠們紛紛揚起緊張的眼神盯著你這位無聊怪客的舉動。

從一千九百米的排龍騎到魯朗，海拔足足拔起一千多公尺。明天，你還要騎越四千七百米的色季拉山。

你沿著這個百米長的小鎮，逡巡往返找尋適合的宿店，細雪忽而轉為雪球狀，打在你的風衣上鼕鼕作響。街道上的人都紛紛躲避著，你也不得不趕忙躲進一家店裡停歇。

你滿身狼狽對著店員打探飯錢和房價，他說：「二十五元，算是最低房價了。」你故意遲遲不做出決定，想多賺點時間享受室內的溫暖。打開菜單後，各種菜色的價錢都足以令你咋舌，你檢視著自己祇剩五百多元現金的荷包，那未來至少還有十天的路程啊！你想吞著口水把自己乾脆吞飽算了。年輕的店員見你猶豫再三，便不耐地直接挑明：「這樣吧！你那麼可憐啊，點個砂鍋吃吧，加上房價收你三十五元。不好，你就自個兒再想別的辦法。」那哀兵政策似乎見效，雖然祇省了五元，你還是心滿意足。

飯後，店員領著你到那百公尺外一排破舊的房舍，門外一輛拖拉機旁繫著兩隻可恨的藏犬，不停對你凶猛吠叫，幾隻烏鴉停落在門前的屋簷下避雪，不時用一種深邃的眼光掃射著你，不知為甚麼，你望著牠們的眼神就覺得那預示著甚麼黑色的不祥警訊，但你眼線外是白濛濛雪的地與天。進門，你剛躺在床上，隔板外此時又傳來豬隻擠食和酣睡的聲音，原本興許得到便宜的滿足感覺，頓時全消。

天色一派陰霾，群山連綿高聳的俯視著你孤單的身影。你一悶腦就騎了三個小時，才停靠在山腰一處極佳的風景庭台，遙望魯朗地區的古柏冷杉大片大片浮貼在高拔的山脈上。在那寧靜雄壯的視野裡，你彷彿經歷一場豪華的寂寞。

回神以後，你注意到一位身軀佝僂的老人也正在此歇腳。你與他眼神偶有交會，可兩者似乎都並不打算招呼對方。站在路邊解手時，你輕輕去撫觸那疼痛難耐的胯下，伸起手後卻發現已沾滿傷口流出的污血。

為了不再碰觸胯下的傷口，你幾乎都是站著騎車，但那樣的姿勢畢竟無法支撐多久，你祇好代以推車的方式繼續行進。山勢蜿蜒復蜿蜒，你勉強過了一道又一道，終於追趕上那先行離去的老人，他步行的速度竟和你騎行加推車的速度不分軒輊，你們兩人彷彿都很在意對方的存在但又裝作忽略。你與他彼此相互超越對方兩個回合，才完全擺脫他如鬼魅般的身影。

情緒因疲憊落寞了下來，你似乎連推車的氣力都將用盡了，甚至還挺不直腰身。你祇好把身體的重心前傾壓在車頭把上，能走多遠便算多遠。山勢仍舊不斷翻高，積雪已經覆蓋了整個路面。你努力去想些讓自己振奮精神的話，卻無論如何也激不起自己的心志，彷彿惶惑地掉入一場虛無，虛無到自己不知為甚麼目的而走。

心緒在搖擺搖擺，有聲音在呼喚，對抗。你開始懦弱，想藉著受傷和雪勢增強的理由，說服自己去攔下過路的汽車，讓車子輕輕鬆鬆載你到下個據點。時間並不等待你遲緩的腳步，你完全無法使自己停住不動，萬一都沒有車來該怎麼辦？你仍處在半騎半推的風雪裡前行。你想至少，至少當體力全然耗盡了，你昏迷跌倒了，或許，或許你就不用再如此鞭策自己脆弱的心。

果真就那麼難得經過兩輛卡車，司機們竟祇是放慢速度，在車窗前好奇凝視你孤落的身影，一會兒便揚長而去。你曾露出渴望的表情盯著他們，可是你始終伸不起手向他們求援。如果你高舉起手呢？是不是你求援的神色不夠真摯？你不知道那些人究竟會不會搭載你，如果會的話，這一切是否將變得完全不一樣？你將不會在這裡受苦，或者，現在你已經在哪一處溫暖的地方休息了。

你打開腰包裡的相機，放眼向喜瑪拉雅和念青唐古拉山脈交錯之處望去。那高原的脊骨上聽說傲立著一座七千七百八十二米的南迦巴瓦雪峰，西與藏東橫斷山脈對接，藏人視他為最權威的山神，說這位大神手下掌握了十八位冰雹神將，三百六十位隨從；他頭戴白盔，身披白甲，一手持鞭，一手仗劍，曾與密宗大師蓮花生竭力鬥法，阻止蓮花生入藏傳法，但最終仍遭收服，歸入藏傳佛教的護法系統，守護著西藏的北方。

能不能從祂身上得到些倚靠和慰藉？風在狂飆，視線被大雪縱橫切割，你被凍到幾乎聽不見風的聲音，更辨識不了五指外的景象。儘管如此，你還是拆開鏡頭護蓋，立起腳架，但相機耐不過天寒，完全罷工。你本想用影像為這樣的苦行和日子做些見證，失去科技的便利後，你便祇能重新索求於原始，勉強睜著眼睛把舉目所見，深深銘刻在腦海裡。

終於有一輛車停了下來，一位藏族司機搖下車窗，問你搭不搭車。你在撐甚麼？難道風雪還未超過你忍受的強度，難道還要等到黑夜降臨時？

心情糾結許久，你拒絕了。一個超乎自己預期之外的決定。或許是這位司機好心的提問，激起了你一些氣力與堅持，讓你想在這惡劣的環境多磨礪一會兒。他顯露出擔心的神色說：「放心，不收錢的。」你咬著牙搖搖頭，隱約有些被他說服的心動，但你故意在這司機面前忍痛跳上單車座椅，對他打個ＯＫ的手勢。最後，你看著車在風雪中駛離，多少還是殘餘著些微的懊悔。

約莫那場堅持讓你多撐了兩個小時。你感覺自己很傻，傻到幾乎對任何事情總是掙扎又掙扎。難道你不知道自己要的是甚麼嗎？你好像分離出兩個自我在相互吶喊，咆哮，一個你說：「你還能夠騎，你還有力氣，你的假裝虛弱無非衹是需要一個依靠，去同情，鼓勵你罷了！」另一個你說：「繼續騎，繼續走，就這樣持續，到不能支撐的時候，再踏出一步，你就算成功了。」

在離色季拉埡口三公里處，風雪更增強了一些。稀薄的氧氣和寒溫雙重逼迫你的胸口，大概你還能聽見的便是自己近乎窒滅的喘息聲。

頭腦開始暈眩，剩下的路，你衹是死命地推行著，腳步幾乎在雪地裡顯得荏弱而不聽使喚。那每一個堅持的步伐，都象徵著你對於人生的態度，想到這裡，你不禁眼角淌起溫暖的淚水與風雪繼續對抗。

一輛吉普車從你的後方駛出，在前方幾十公尺處停了下來，車尾的警示燈旋即陣陣閃亮，突然倒退過來。

一位漢族的司機一下車就叫你：「雪太大，別推了，搭我們的車走吧！」你滿腔辛酸，覺得自己已經奮力到這裡，不甘心就此放棄。你婉拒了他，並不認為自己有甚麼堅強的餘地，而是他來得太晚。司機急著說：「你不要我載，那綁條繩子，讓我拉你到山口吧！」

你頓時緘默無言，車後座的大眼姑娘淚眼汪汪地望著你：「別騎了，小哥小哥你這樣子，我們看了全都害起了難過。」另一個彪形大漢順勢靠近你想把單車牽走，氣呼呼道：「縱使你騎過山口，下山的路還是雪啊，反而更危險。別頑固了。」你哪裡有甚麼脾氣拒絕，半軟地跪在地上，僅剩哀求的口吻，淚也不爭氣跟著掉了下來：「不遠了，讓我自己來好嗎？求求你們別擔心。」

他們爭不過你，回到車上後，便一段一段往前開，還不時停下來觀察你的狀況。或許你的頭腦已經分不清楚甚麼是安全，甚麼是危險了，你祇存在一個往前的意念。這是你一開始就選擇的旅途——貧窮，流浪。你覺得這一關若守不住了，以後同樣的問題仍會持續重複，你不想因這輛車的介入就此載走你的命運，你不想平平白白就這樣放棄自己選擇的路，過一生。

那腳踩下的彷彿都是夢中的棉花，你對過去成長的諸多不滿，將在此刻一一踩踏，裂成碎片。你最後是怎麼樣到達色季拉山口的，已經無法清晰記得。那車上的三人紛紛蹦出來為你跳腳歡呼，豎起大拇指直稱：「你是中國人的驕傲。」他們一再邀你搭車下山，你不斷地感謝婉拒，直到目送他們開車離去。

眼淚逐漸在睫毛上積聚，這次你決心忍住，不讓它輕易地流下來。山巔處的五色經幡縱橫鼓盪在風口，你的心憮然之間彷彿與群山結合，融為一體。走到自行車袋前，你掏出預備好的五彩祈願紙片，「藍色是天空，白色是雲朵，紅為火，綠為水，黃色就是我們踩的土地。」憶起那朝聖者對你說過的話，迎著風雪丟擲出去，伴著雪霧的彩片瞬時飛得很遠很遠。你覺得甚麼都不必說了，也不知該對誰說，祇能懷著虔誠的心，感激大自然敞開祂的心胸，讓你平安地又越過一座艱難的山巔。

下一刻，你即將發往繁麗蓊鬱的林芝縣城。

之十四

在那借來的空間

一輛輛行駛而過的公安車救護車小巴士，
車腹左右兩面都貼著大陸內地各省分「捐贈」單位的名稱，
連公有建築物的牆面也漆著福建廣東上海「援建」的字樣，
城裡城外，彷彿祇要一有塊空白之處，
無論長的方的高的低的靜的動的，
都會被戳上出口來源地的標籤。

過林芝縣城，再往前十九公里，就到八一鎮了。

八一鎮有種嶄新明亮的風格，完全迥異你過往所涉足的西藏市鎮。八線道的水泥外環馬路，十幾層樓的銀行建築，高級顆星賓館，數十尺寬高的巨型廣告看板，阿拉伯宮頂式的舞廳⋯⋯，滿街跑馬燈水亮瑩瑩，令你彷彿以為自己置身在中國內地某個繁華的都會區。實在很難想像，這裡五十年前還是一處荒涼的河灘，據說這城鎮的建立都是為了紀念人民解放軍的功勞。

都已晚間十點多了，你還餓著肚子徘徊騎繞在鎮裡主要的街道上，拿不定主意該宿在哪個場所（你吃住都想找好一點）。大部分的賓館前都是穿著高衩旗袍露出白皙腿肉的女侍，不然就是白襯衫打領帶的男服務員，熱烈的歡迎光臨。你頭一次在西藏，感到自己有如鄉巴佬般過氣寒酸，而遲遲不敢走入任何賓館內詢探住宿的事。躑躅許久後，你鼓起勇氣決定闖一闖了，挑間看似普通的賓館。

老闆在櫃檯前撐顎打盹，抬起頭冷冷地看著你：「要標間？普間？」你直說要便宜的，能不能先看房間。他拎著一串鑰匙起身，喊價——一百五。你一聽不禁咋舌，馬上對他說不用，便掉頭牽車急急撤走。老闆追了出來：「ㄟ，你這人怎麼這樣子，看都不看，我們用的是席夢絲名床勒，不算你貴的。」你沒有反應。於是他又說：「要不，八十給你，最低啦，你考慮考慮，禁得起比較的。」你再次謝過他。

你之後轉進賓館旁的陝西麵店補晚餐，那賓館老闆杵在外頭抽菸。沒一會，想不到他竟走入麵店，大剌剌坐到你面前，向你索了根菸。你說已打聽好招待所，不再麻煩他。他就啐一口痰噴在地上，不屑地說：「那兒床鋪爬滿跳蚤啊，盡些又髒又臭的藏人去住，房客的水平極低ㄋ，萬一遇上手腳不乾淨的，你這車上的包丟失，看誰理你。小弟，我們『同種』人哪！大哥幫你想法兒。」

「同種人！」你看著他口沫橫飛的嘴皮表情，莫名揚起一陣厭惡。你謊稱你是個日本人。「怎麼可能？日本人普通話哪操的那麼標準流利。」他半信半疑的。你也再裝作一副嚴肅的聲調：「ばかやろう、わたしはそう言いなら、そうする（王八蛋，我說是就是）。」他吃驚地問你說甚麼，你便說是拜託他省點力氣趕快去找其他客人，那老闆才悻悻然地離開。

招待所位於一條暗巷底二樓。你扛著單車爬上半樓，突然聽見一長串的水屁聲噗吱響，原來樓側邊有間無門的暗室內，正蹲著一位藏婦在拉屎，你向她欠了個身，她對你笑，你的重心不穩，行李掉落一地。

走道的夾木地板上發著霉斑，讓人踩過去時鞋底總像黏滯於噁心的蒼蠅拍上。「十八元，」藏族女服務員說。你要她便宜些，肯便宜的話住兩晚喔。她掉頭就走，一點也沒有商量的餘地。房間牆壁長滿猙獰的壁癌，四張單人床鋪，墊褥是豔紅的大花樣，布面有些髒舊，但都在你容忍的範圍。你揀了最靠窗口的一床。

快睡著時，房門被啟開，一火燭光，服務員帶進一位男住客。

又再一次，你被身旁的聲音吵醒，微微睜眼，模糊視線裡看見一個正在褪下衣褲的黑影，從輪廓判斷是位藏人，他準備睡在你的隔壁。

你因連續被打斷睡眠，心中多少有些不滿，覺得自己的隱私被嚴重侵犯了。你翻過身，背對著他，把手伸入自己枕頭下壓的證件與財物，另一手則緊緊抱著相機背帶。你的睡意已消退了，窗外不知自何時起，飄降下鵝毛般的細雪，無聲地婆娑飛舞。海拔兩千九。

醒來時，你全身肌肉痠痛，索性繼續躺著，忽然意識到遠遠的街上傳來車胎疾駛而過以及毫不留情譴責的喇叭聲，你馬上彈跳起身，房內祇剩你一人了。現在是甚麼時間？正午過了大半。你又想起甚麼，伸手便往枕頭底下摸探，你所擔心丟失的物品一樣也沒少，在這個與他人共同寄寓的空間裡。

你將單車託交給服務員，她讓你的車鎖在公房裡她的床腳邊。你又交給她一個夾包保管（裝著護照台胞證機票），她用過期的報紙一層層覆裹，接著點燃一根蠟燭，沿著紙縫的邊線滴滿蠟油（若有人拆開必留下痕跡）。你問她，這樣沒問題嗎？她回答：「沒啥事的。」你又問她，可以給你一張證明的回條嗎？她就拿出一張白紙寫上她的藏文名字，然後將名字攔腰撕斷給你一半。你說一樣，她做一樣，卻能不嫌你繁瑣的要求。就像你前一天夜裡，上了幾次廁所，她也連著幾次替你打開房門的扣鎖。你感到不好意思總麻煩她，她也祇面無表情地回答：「沒啥，不打緊的。」

她一次動作，便聽見你一聲道謝，嘴角開始掛著一抹淺淺的微笑。你問她有甚麼好笑的，她回答：「這兒沒那謝的慣例，該都這樣的。」

八一鎮的白晝不比晚間熱鬧，藏人似乎也不比漢人多。處處可見黃皮膚的漢人，穿著蓋不住腳踝的西裝長褲，踏著黑亮的皮鞋，配上一件寬鬆的西裝外套，拿著手機蹓躂在街上大聲地「談生意」。

烤羊肉串蘭州拉麵陝西刀削麵過橋米線山東煎餅河南饅頭宜賓滷菜重慶麻辣鴛鴦鍋廣式飲茶豆漿油條餃子小籠包綠豆稀飯快克力珍珠奶茶各種漢風食物應有盡有。望著街上林立的招牌，你不禁就流出親切的口水。人行道寬敞鋪著紅磚植著闊葉綠樹還栽有紅白黃紫花圃妝點市鎮容顏，令你看得目不暇給。你終於初步見識到一個大量吸取漢化經驗的西藏城市。

但你似乎不太適應如此進化的西藏。有些疑惑墊在心底，你試圖把八一鎮每條街道都走一走，將它觀覽得更加深刻明白。你從深圳大道走到中山大道，汕頭大道，接續涉足廣東，福建，珠海路，鎮上基本的路都是按照大陸「援建」的省市名稱來命名。你又遊歷了香港街，澳門街（聽說是紀念香港澳門回歸祖國所建的），逛街的人潮擁擠，大陸當紅歌手的ＶＣＤ韓紅瀝血高音「青藏高原」，對街刀郎滄桑吶喊「二〇〇二年第一場雪」相互尬歌車拼，Ｆ４流星花園香港四大天王海報貼滿滿，

「耐吉」（NIKE）先生也湊一腳到這跳樓大拍賣了。廈門廣場上擺著一尊象徵漢藏人民深厚情誼的雕像——一位藏族青年肩搭漢族青年共同瞻望著理想的遠方。

遠方在哪裡？逛了數個小時，你倚在雕像下休息，覺得逛著這一串大街小巷怎麼比騎車翻山越谷還喘還累，彷彿你已走遍了中國大江南北，風景歷歷在前，這一切快到讓你傻得來不及拿出背包裡的相機開拍記憶。你的心智猶然停留在上上上條街的酒店旁一堵尚未拆遷乾淨的圍牆上寫的：「正確認識正常的生理現象——遺精，每月遺精一次或稍多沒有關係，平時不要玩弄生殖器。」

到底這是一座現代還是後現代的城鎮？是漢族還是藏族的城鎮？你不禁迷惘了。你佇立在這些路名熟悉的街道，張看一輛輛行駛而過的公安車救護車小巴士，車腹左右兩面都貼著大陸內地各省分「捐贈」單位的名稱，連公有建築物的牆面也漆著福建廣東上海「援建」的字樣，城裡城外，彷彿祇要一有塊空白之處，無論長的方的高的低的靜的動的，都會被戳上出口來源地的標籤。

他們說那很大的成分源自「兄弟省分的同胞情義啊！」這情義，帶領著八一鎮的經濟每年以百分之十五以上遞增的速率急遽膨脹發展著。你愈走愈遠，走到鎮東南邊上的福建園（西藏最大多功能性綜合公園，佔地面積十二萬多公頃）。福建單位把閩式的亭台樓閣搬來給西藏的同胞們欣賞欣賞。不過，入口處得買門票。算了，你就略過那裡頭花團錦簇的良辰美景吧。

「熱烈歡迎人大代表來我館明察暗訪」，體育館門外布條上的確是「明察暗訪」。幾隻麻雀在斜交的光影中嬉戲跳格，你好奇地走進體育館，大廳地板上已積了一層厚厚的塵灰，牆面部分白漆剝損，但你仍能從那些亮度和氣味上判斷，它們似乎還是新的，至少人大代表來明察時它絕對不是現在這副窘態。

你想借個廁所小號，連叫了幾聲無人回應，祇好自己貿然亂闖。廁所在二樓，裡頭的馬桶尿盆淤積著糊黃的尿水，水龍頭完全乾涸，想必也沒人來使用或管理。它似乎在暗訪之後就遭遺棄了。你沿著樓梯往上走。

四樓的窗口外是一片高壓電纜，工廠煙囪，棋格整列的屋頂和靛紅閃爍的招牌。你努力將視線拋向更遠處，那喜馬拉雅山系板塊推擠成的群山仍在，彷彿冷靜地兀自站立著，蒸散一派從容的雲煙，但那雲煙或許祇是你一廂情願地認為，應該是屬於山的。望著遠方的雲煙，你掩飾不住一些胡然岔出理智所設定的悲觀。

迎著黃昏落日，你再度轉回鎮中，雖然並不一定知道還有哪裡可去，但你就這樣讓自己一直漫步走著。也不知為甚麼，你進入了一間網吧（網咖）。

起初你有點緊張，因為你從來不曾涉足過如此場所（即使在台灣也不曾）。網吧裡盡數是年輕人，有的在打線上遊戲，有的在視訊聊天，有的在看偶像劇和清涼美女的露毛寫真圖。網路世界到底無拘無束，即使住在高原上，也能與遙遠的他方國度迅速接軌，由虛擬來連結真實。你付了兩元租到一個一小時的座位。

你在鍵盤上輸入跨國網址，才發現凡有tw的網址名稱皆無法順利連結。你又試了幾次，最後竟能從美國的雅虎網站接回台灣雅虎電子信箱，這不禁給你帶來意外的欣喜。打開郵件，三百多封全是垃圾廣告，你其實料想得到沒有甚麼朋友會傳信給慣常食古孤僻的你，但你還是感到些許的失落。遠方的家鄉似乎並不因為缺少你的參與而有所變化。台灣發生甚麼新聞大事你也無法得知。

百無聊賴中，你又開啟另一個鮮少使用的MSN信箱（這回沒有tw的阻礙），掃過一堆密密麻麻垃圾資訊，竟有兩封陌生的來信。一封是H的問候：

Dear Wangling,

Glad to receive your letter. Reading your letter, I can hardly control my tears in the office.

Wanna say “How Are You” to you. But it may sound redundant to you. How can the trek be an easy one? How can a heart alone easily seek comfort when the body suffer from illness? I try to imagine what a lonely situation you have right now. Still worry about your health. Drink more and rest more if you can.

Take care.

想必H收到你從雲南德欽寄回台灣的明信片了。你看著那電子信件寄出的日期，距離你當時寄明信片時，整整相差一個月，而你也隔了再半個月才收到這封電子郵件。你早已忘了先前的自己究竟寫些甚麼煩悶的內容。你讀著H的信，反覆讀著，儘管祇是簡單的隻字片語，你依然讀著，腦海裡卻湧現著當初你在芒康的寒夜裡撥電話給她時的表情。

你彷彿歸溯至那時高原的低溫與身心的交迫，驀地就挑起你一陣酸楚。你的喉嚨哽咽，於是點了根菸，不安地環顧四周，發現大家各自專注在所屬的螢幕光照前。你的目光重新拉回到電腦螢幕上，反覆輕輕唸出這僅僅數行的字句，彷彿它能替你說出，你一直不敢對自己說出的輕柔撫慰的話語。

另一封信更令你陌生了，是遠流出版公司的主編林皎宏先生寫給你的。他說他從蔣勳老師那得知你流浪的消息，又從林懷民老師那裡轉來一份你的計畫與報告。他說欣羨你能勇敢地走出去，有個「颯爽」的青春，這或許可讓台灣更多的年輕人有所效法。接著建議你：一、儘量多寫、多拍，尤其「有感覺」的時候。二、請記得寫日記，就算是流水帳也無妨，因為有一二句文字提醒，將來要追憶就容易些。三、拍照時，同一標的，如有可能，請多拍一二張，以便有選擇的餘地。最後他希望你回去的時候，能與你一起討論之後成書的可能。

你心虛了，主編說的建議，怎麼你一路沒一項能達到呢。你突然有種愧對那些老師，也愧對於西藏的感覺。臨行前，你就私自花掉了流浪獎助金的一半——五萬元，為姊姊償還部分的卡債。旅程中，你也因身體的疲痛經常無法挺起腰桿，認真努力地去寫去拍，去嚴肅地意識並善盡自己的責任。這一切的提醒，似乎都來得太晚了。

如果你回到台灣後，面對那些鼓勵你的人，你會說些甚麼？你會向他們坦言，西藏不完全是你們所想像的那個原始而美好的樣子嗎？你會刻意忽略八一這個張燈結彩滿布標籤的重鎮景況嗎？每個人對於西藏似乎都有一個憧憬與撼動心靈的畫面，你當然也是那樣的。你希冀西藏繼續保留著他的大山大水，他的信仰與土地，堅持與忍耐，就這樣永遠被記憶與想像著，不容你來稍有或改。

你祇能說著你的故事，而非西藏的故事。

這天你一直在外混到半夜才回到招待所。一進門，門邊床上正躺著一位中年漢人在蹺腳抽菸。你們客氣寒暄了幾句，原來他也是昨夜睡在這房間的其中一位。他來自四川，專搞援藏的工地建築。你看著他床頭上祇有一個簡單的肩包。你問他來八一工作多久了，他回答：「一年有大半年都待在這兒，接連來了四年。有活兒便來幹吧。」又接著說：「還不是為了餬口飯，妻兒在老家等吃呢。」再抽上一根菸，流眼油打著哈欠，他說：「先睡了，明兒還得起早幹活去。」

輕聲收拾完行李，熄燈，你靜靜地躺在床上閉起眼睛，腦海裡輾轉浮沉著一幕幕八一鎮上的霓虹燈，酒店小姐的紅旗袍高跟鞋少爺的白襯衫黑西褲，一對對在街頭上摟抱逛街購物的男女⋯⋯，遙遠而陌生，又彷彿是熟悉的，你忽地隱約想起甚麼。此時，門被開啟，服務員送了一個身影進來。你微張著眼，發現他又是昨天半夜裡的同一個藏人。這次你沒有生氣，祇是又翻過身而已。看著窗外，雪又下了，輕盈的，淡淡的，漆暗的視線裡，多了一匹皎潔的銀光。

一早你自動地醒來，天還未亮，那兩個陌生的人仍在被窩裡享受酣甜的睡眠，招待所裡一點動靜也沒。你自己開著門離開了。你踏上川藏線上修築得最好的一段公路。不過，這嶄新的一天，你卻一路拉肚子拉得多達十二次。

之十五

越過最後的山口

山巔上就你一人，
你平靜地佇立在一處至高點上，
展臂想像整個世界都是你的，
彷彿再也沒有令你激動的消息。
想來當初不過是一時介入的決心，
翻身剎那便已成行。

寒氣滲過帳棚，浸透睡墊，從四面壓境而來。睡夢中，你反覆哆嗦了不知多久，突然被一陣冰水灌頂般，喔哦一聲，驚醒跳了起來。睡袋上竟爬添一層薄薄的冰霜，你慌張地爬出營帳外，帳裙邊伏趴著一圈積雪，你朝更遠的地方望去，皓白迷濛的雪霧，草坡上，山背上，竟也都覆雪了。你不禁又連續打上幾個寒顫，彷彿全身的毛細孔都被寒溫緊緊拴住。

打開瓶蓋，對著口倒，竟沒有半滴水流出，你才恍然發覺，保特瓶裡的水已悉數凍成冰棍。你一早醒來便驚呼連連，就再也顧不得原本期待日出的興致，趕忙拔釘拆帳，動身啟程。但天氣實在太冷了，太陽未出來之前，你寧可自己祇用走的。之後，有人告訴你，那是高原入夜後零下十八度的氣候。

能在零下十八度的氣候下全身而退，想來有些得意，腳步不免也活快起來。騎了二十多公里，你看見路旁豎著一塊簡陋的木牌「松多溫泉」。隨著那指標探看，並沒有一條明顯的車轍行跡，可不遠處有間屋子，你便推車朝它走去。

到了木屋前，一旁有個男人正拿著鐵鍬，賣力敲打一窪遍布鵝卵石的凹地。你問他，有泡泉的嗎？他便領著你到另一旁的木條圍籬，推開木門，果真有一池圓形綠苔色散著蒸氣的溫泉。

「五元，」他說。你要他再便宜些，他拉下臉抱怨。你也不再還價，便隨興與他閒聊。怎你一個人？他說：「媳婦在這幹了幾天活，受不住無聊和天冷，回重慶啦。

我花了幾千投在這塊地，能不守著嘛？」他收完錢，返身回去工作，也不想再多與你聊些。你來不及問他，有無「考察」過藏民一年洗幾次澡。

你一件件卸下衣裝，下體一撮黑毛，感受陽光與輕風恣意地吹撫，蓬鬆得好不自得。近兩個月，或許忽略更久了也說不定，除了傷口，你都不曾仔細留意自己的身體究竟發生過甚麼變化。這次你凝視著那凸爆青筋血管的身軀，發現它已長得格外結實嶙峋，彷彿不屬於你的，二頭肌六塊腹肌突出明顯的線條，小屁股倒三角體形。你握緊拳頭，胸線竟會跳動勒。

突然，一陣笑聲傳來，你抬頭察看，木欄的縫隙間，隱約貼著兩張裹著臉巾祇露出眼瞳的藏族少女的臉。不知何時起，你遭她們偷窺了。

起先你還羞澀地遮遮掩掩，後來一想，為甚麼是你不自在。想通了，你就從容自在地亮身在光天化日之下。那兩個少女相互笑鬧著，似乎在討論哪個人敢先闖進來，她們也看到了你在回看她們，卻不退身迴避。忽而，你想到一位小說家描述草原的牧民兩兄弟騎在馬背上中間夾著一位女人前後挑情做愛的場景，你不禁臉紅了。或許你期待她們進來。不過，她們依然祇顧站在欄外邊觀看，偶爾夾雜著一些陌生的言語和笑聲，像奚落，或是詫異。

溫泉外幾里，便是海拔四千米的松多小鎮。你決定在此留宿，隔天再一舉翻過二十八公里外五千多公尺的米拉雪山。小鎮上二十幾戶人家，沿著國道兩側鄰立，都是些藏人與川人開設的食宿招待所。鎮的盡頭，還有個木材檢查哨，專為防堵林木的盜採者。

你找到最便宜的川菜招待所，卻沒在裡頭用餐，反而轉到街上打探有無喝甜茶的藏餐館。也許是天太凍的緣故，你不斷渴想嚐些甜膩的滋味。

連問了三間小店，沒賣甜茶。到第四家時，你掀開門外的卍字掛簾，剛跨入門檻，一陣濃障的菸味撲鼻而來。一定眼，你愣住了。

漆暗的室內聚滿六、七十個正在打牌和圍觀牌圈的藏民，個個一副流氓模樣，叼菸，喝酒，叫囂，腰際上掛著配刀。而原本沸沸揚揚哄鬧的全場，當你揭開掛簾的那刻，所有人驀地定止如木頭，撇頭或轉身或斜眼睨視，安靜盯著那杵在門檻上的你。你不禁嚥了一口口水，想欠身退出，卻連一點轉身的勇氣也沒有。你祇好在滿場凶光的注視下，低頭僵著頭皮，直直地往裡走。

櫃檯前，你怯怯地問，有甜茶嗎？老闆一臉狐疑的表情，隨後回答「有」。你冒著冷汗，撿了張櫃檯邊的椅子坐下。服務員端上空的杯碗，另一個拿著水瓶負責倒茶。你傻笑著，不顧燙的一口氣咕嚕灌下，也忘記品嚐茶是甚麼味道。杯碗馬上又被斟滿，周圍黧黑的康巴壯漢都盯著你喝茶表演，你對那每個交會的眼神又擠眉又欠首，好像你做錯了甚麼事情。再喝，再斟，連著五碗。你終於撐不住腹脹，才打出止住的手勢，請老闆結帳。「一元？真的！」付完錢後，你趕緊從那像是賊窟的地方溜身。

你終究無法輕鬆融入那樣一個奇異的環境，更遑論想學習成為藏人，可回過頭來，面對漢人這邊你又無法感受一點深刻的認同，彷彿還顯得更加遙遠。

夜間入睡時，你反側失眠，不知為何失眠，既不為即將越過最後一座山口而興奮，也不為去途的陡勢山路再擔憂。那為甚麼失眠？招待所夜間不供電，你睜眼閉眼，都是一片無垠的黑暗，到底是醒還是夢，你也分不清。

飽吸濕氣如石膏的棉被老蓋不暖，腳底板始終冰涼，夜晚溫度急遽地下降，你的高原症狀又加遽了一些，胸悶與頭痛，讓你忍不住搥打著胸口和腦門。原本不擔心不焦慮的事，竟又開始令你擔心和焦慮，你把整個頭深深埋在膝間，緊緊地蜷縮在棉被裡，用力閉起眼睛，數羊無效，祈禱無效。你的心裡不斷急喊著要自己安靜安靜。

木板應聲而裂，你以為是夢。但一個動念，你便起身了。一窟灰白的光，從破裂的房板間瀉進房內，也不見有何異物闖入，祇聞風聲呼呼在響，那大概是不尋常的風所為吧。你坐在床沿邊呆滯，等了好一會，四周仍沒有別人醒來的動靜，你於是牽著單車，自己開啟店門離開。水瓶的水又再次凍成冰塊，連保溫鋼杯裡的水也無法倖免。

鎮上祇一間小店開著，裡頭已坐著三位板車司機圍在火爐前烤火。你點了一碗熱騰騰的蔥花麵。司機問你去哪，你說拉薩。然後一陣沉默，司機接著開口：「這天鬼冷勒，小夥子來這兒烤火唄。」你點點頭。

吃完湯麵，紮緊車上行囊，你用羊毛圍巾層層裹著頭，蓋起連身防風衣的帽子，束高衣領，把自己包得密不透風。司機在裡邊喊：「等等唄，小夥子。太陽沒出ㄋ，哪能走啊，會凍壞地。」便逕自裝出瑟抖的樣子。他們咯咯笑著，另一位司機又喊：「別聽他瞎說，你要凍壞，我們趕上後準會拉上你的。」

縱使太陽尚未升起又如何，你面向清晨的微曦，踏上最後一座山口的路途。不過十分鐘後，你就有些挺不住了，在車上迎風的你彷彿全身切滿傷口，寒風如鹽刺冽地往肉裡鑽，你祇好改為推車步行。路一直隱沒在山脈深處，二十六，二十三，十九（太陽出來了，你跳上車），十四公里，水瓶的水漸漸溶化，汗也慢慢滲出來了，平野上偶爾能望見一叢一叢百隻的羊群在覓食最後的草莖。

米拉山似乎不像你過去騎過的那些崛崎險僻的山脈，那麼摧折耗損你的心神，儘管它是川藏國道上第一高大山。亦或你現在已鍛鑄出非凡的體力，得以無懼它的巍峨歸然。除了略微睡意，導致頭重腳輕的感覺，和海拔高度引發慣性激烈的喘息外，你感覺不到任何的疲憊與拂逆的干擾。

也或許正缺乏這樣的干擾，眼前的天工斧鑿，磅礴景致，便顯得平淡蕭索，雖那大山仍以無止盡的威力向四面八方排撲而去，綴裝著突兀的巉巖，配飾以冰晶熠耀的蛛網源水，間或野馬縱奔，羚羊跳躍，你依然無動於衷地默默祇是向前。

再攀上一條筆直匿跡在天際線的爬坡，路旁兩側忽地拔起兩座五米高的五彩風馬經幡堆，相連灑散在空中漫開，不，有三座，四座。你靜定了氣息，終於確認自己到達米拉山口了。縱然你還不敢相信，這一切竟會如此輕易來到，但眼前鼓盪的風馬，豁然廣闊的地平線，一百八十度湛藍的天穹，告訴你，這就是了。

山巔上就你一人，你平靜地佇立在一處至高點上，展臂想像整個世界都是你的，彷彿再也沒有令你激動的消息。想來當初不過是一時介入的決心，翻身剎那便已成行。原本祇是紙頁上一筆又一筆描繪的線條，卻顯影成立體空間一座又一座的山脈，讓你付出難以計數的汗和淚。它不再祇是抽象，而是化為具象，不再祇是概念，而是落為實體，雖然你還在想像它，但你已經確確實實地站在這裡眺望著它了。

然而到達最高的峰頂，一切並未結束。從米拉山滑下，一路八十多公里到墨竹工卡，連續六個小時，你完全沒有片刻休息，腳下的踏圈不停地在原位繞轉，轉啊轉，你也跟著祇是不停地轉啊轉。風景在前，而你在後，永遠的若即若離。

之十六

直貢梯寺的天葬

你可知道那一刀刀地砉，是要讓人給活轉過來的嗎？
刀鋒在它肚腹裡的那一刀吃得特別深沉，
抽開後五臟六腑便無助地溢流在地上。
一個完好人形的軀體，須臾間，
所有的重負都透過天葬師的巧手被釋放下來了，
不分男女老幼尊卑貴賤都被釋放下來了。

沿著墨竹工卡縣城旁的雪絨河谷，上溯東北方約六十公里，便能望見那依山而建，座落在峻嶺之上的直貢梯寺。聽說這裡有座天葬台，與印度的斯瓦采天葬台共同馳名於世。

你從山腳下的門巴村向當地人打探上山的消息，人群一圈圈好奇探頭圍擠著，但沒人真的理會你，除非你肯亮出鈔票請他們帶路。你祇好選擇離開，逕自去探路了。村落後方看似有條隱約的小徑，你嘗試往上爬了一會，旋即又不安地回頭，下邊恰巧路過一位揹著竹簍的婦女，見你踟躕的神色，她便揚手朝上一揮定指。你對她點頭示意，懸宕的心才總算是放下了。

太陽光束密密包裹在雲層裡，少許的光暈憂鬱地渙散而開，四周山勢覆滿了清雪，唯獨直貢梯寺立處的這座山岡，絲毫還沒有半點斑白的跡象。

你專注精神地踩著石塊，手扳著裸岩，攀爬至山腰氣喘吁吁，抬頭儘管望見那近在咫尺的直貢梯寺，卻好像怎麼爬也無法接近它。這彷彿是一條仰天的路途，食肉者空行母已然在此設下了千萬重疊障，祇准靈性和頓悟之人才能抵達。

驀然間，一個紅衣身影輕快迂曲而下，沒多久一位福態滿盈的胖喇嘛就站在你頂頭的巨岩上，彎腰伸出他粗厚的手臂。你順著力量被拉到他的身旁，仍是一副缺氧慘白的表情。他靜靜地握著你冰涼的手（送出一股通達的熱流），拍拍你的頸背，指頭彈擊著你的額頭。你竟然沒有任何的畏縮與不悅，反而有種奇異的幻覺翻過了腦海。待你重新回神，想對胖喇嘛說聲謝謝，他已先行一步朝山下離去了。風在高處敏捷走竄，你額上的汗水不斷往耳側流，反覆聽到那彷彿是僧侶寬大衣袖拍打的聲音，卻無法辨識它從哪個方向來。

終於舉步進入直貢梯的寺區，刺鼻的屎尿臊味接踵迎面，瞬時把一路積累的莊嚴想像，全部都埋進茅坑裡。茅坑出入口正對著這一列拾級而上的階梯，旁側幾十米即是直貢梯的大殿。你坐在殿前的台階休息啃乾糧，幾位佝僂的藏民手擎著瑪尼筒繞轉走過，紅衣喇嘛走過，野狗也往返在你面前走晃數回，似乎刻意地把你當成空氣了。一切是那麼淡然，寂寥，直貢梯寺有種甚麼都不重要的氛圍，但這裡卻是西藏魂靈嚮往歸宿的地方。

當你辦理住宿登記時，扎西果芒大殿裡響起一陣號角與法螺，門外的喇嘛們紛紛帶起月牙鬢邊的高帽。聽說他們準備在經堂內舉行薦亡儀式——「拋哇」，這種儀式必須由資深的僧人領頭誦禱超渡的經文，接著「呼，呼，呼——」在死者頭頂上吹出七口氣，以助死者靈魂從天靈蓋上逸離肉體，導入天，人，阿修羅（三善趣）的境域。經過這樣儀式後，次日清晨，那得道的肉身才能移往天葬台做最終的處理。

清晨的溫度仍在冰點十度以下，燥寒的空氣如刀鋒一樣恆常銳利，黑暗與氤氳瀰漫了整片視野。你頂著微弱的頭燈，遠遠緊跟著一幫藏人隊伍，步上扎西果芒大殿右側一條不起眼的小徑。點香的引路人領身在前，隨後一人扛著沉甸甸蜷曲的布包，想必那應該是待會要「受禮」的主角吧。

走著走著，你的嘴唇倏然感到一陣疼痛撕裂，半夢半醒的倦容就醒轉了。你大口地仰著頭喘息呼吸，忍著絲絲腥血的氣息。沿途不時可見地上疊著三角狀的瑪尼石堆，像給過路人壓驚，又彷彿是給靈魂的引導。

隨著荊棘叢中散落的破衣碎布毛髮紙幣愈來愈多，山側陡坡上的岩塊也開始交錯出現一些幽微的神明顯影——釋迦牟尼，蓮花生大師，白度母，綠度母，金剛法王，但似乎誰都無法庇佑你，你的腳步總被雜生的荊棘灌木叢絆住，數度落後那即將消逝於黑幕一端的送葬隊伍。你幾乎忍不住地想放聲大叫，反覆睜眼閉眼盼求這祇是一場夢醒後的夢。

然而，這一切依然是那麼清晰，心跳，喘息，冷風中不由自主的牙顫聲。「不要打擾死者休息。」你到天葬場圍欄邊就不敢再繼續往前走了，謹記當地人的告誡：若沒事先徵得天葬師和死者家屬同意，最好識相點離天葬場遠一些，否則難保旁觀者不遭死者家屬拿起石頭狠狠驅離。

揹屍人一放下肩頭的布包，目光即瞥見了遠遠站在鐵欄外的你，驟然天葬場內所有的人也都面無表情地往你站的方向凝看。你木定在原地遲遲不敢抬頭，直到他們各自再忙起儀式的工作。

果真有撲天蓋地的鷹鷲降臨天葬場嗎？是巧合，亦或冥冥中的安排。你仔細觀望四方山嶺上的動靜，始終追索不到鷹鷲現身的可能，祇有幾隻烏鴉零星的盤旋黯空，難道西藏人把烏鴉當成鷹鷲了？

梵音流轉，渡亡的經文誦完，天葬師隨即「煨桑」圍火，在松柏香堆裡撒入些三葷三素，混著糌粑焚燒。白煙突突冒升，轉成透白慵懶的蛇腰狀，再漸漸地朝遠方暈散進你的鼻息裡。眼前的儀式，彷彿祇是一場充滿味道的睡眠。

天地似乎還在等待些甚麼，五色的旗幟在風中招展。猛然間，四方空氣起了劇烈地鼓譟，視線所及的山嶺線外連續飛騰出滿天伏兵般的鷹鷲，橫展著六七尺的羽翼，迎著天空剛綻開的紫靛光翱翔盤桓，嚇得周遭原本靜寂的烏鴉驚出動人心魄的哀叫聲。

鷹鷲們賡續井然地落身列隊在天葬師身後，灰褐色的毛雪緩緩搖盪而下。你的眼皮應和著鷹鷲健壯拍翅起落的節奏不禁顫抖著，可在場的藏人目睹這種景況，無不是一臉低調滿意的神情。

穿著紅袍的天葬師左手拿著彎鉤，右手持著銀刃，光線從他腳下的地平線斷然升起，茂黃的草尖上顯露微潮的露光，他彷彿遺世獨立跨站在這生死之界。他是神選的人。

上百隻鷹鷲早已煩躁地不斷鼓翅拍翼，牠們僅僅被一條細線與天葬台隔開。天葬師隨侍在旁的兩位助手趨前，掀開裹屍布，你根本來不及辨識那張是溫暖亦或嚴肅的臉龐，一具如胎兒般蜷縮屈肢的身體就無力地霍然仆倒在石台上。根據西藏人的信仰，這種屈肢姿勢象徵著死者將回歸最初母胎裡嬰兒的模樣，兩手卑微的拳握在腮下，表示來世願再投生為人。

尸身背朝天際被安置妥當，鷹鷲們的吆喝便震響整片山頭，喚醒了整面雪絨河谷。利刃先在它的頸後劃下第一道口子，彎鉤剮住了乾萎的屍肉，一刀沿著臂膀，一刀溜著大腿中線，砉開，一刀一刀。你可知道那一刀刀地砉，是要讓人給活轉過來的嗎？刀鋒在它肚腹裡的那一刀吃得特別深沉，抽開後五臟六腑便無助地溢流在地上。一個完好人形的軀體，須臾間，所有的重負都透過天葬師的巧手被釋放下來了。不分男女老幼尊卑貴賤都被釋放下來了。

天葬師躬身退步，待旁人手中兩端的掛線一脫落，他嘴裡立馬高聲大呼：「咿啊，咿——啊——」祇見鷹鷲們飛快地穿破結界，開始撕咬大啖著每一吋陰白晦暗的屍肉。你可知道那一口一口地噬，是要讓人給活轉過來的嗎？牠們緊抓著體膚相連的毛髮，沾血的塊肉，呻吟的骨骸，那樣興奮地用爪指猛抓，啄食，牠們背著晨曦閃爍如亂竄的黑焰狂舞，要燃放那想飛但永遠都無法飛的血軀。

一陣陣腥味，被搶食的鷹鷲拍翻到更遠的四周，你緊忍著胃膛裡酸氣翻攪。再抬頭時，那肉身已化為一副白骨斑斑。

天葬師彷彿一道紅焰烈火走入場中，驅離意猶未盡的鷹鷲們，他的兩位助手麻利地把黏附薄肉的骨架鋪在石台上，用石槌奮力地搥碎。「糌粑，和一些。」顱骨勃啦散碎，眼珠彈出，那搥碾，打磨的聲音，一下又一下。你可知道那一搥一搥，是要讓人給打醒轉過來的嗎？把骨頭從碎片打成粉末後，攪著糌粑掃著地上的血泊，準備給鷹鷲們一次吃個精光。

這種將屍體徹底處理殆盡的狀況，聽說不僅代表死者肉身的純淨（生淨，死淨），還關乎到天葬台的威信——人神兩界的鷹鷲使者，若能把肉體食盡，逝去的人將無所保留，也無所繼棧了。但若這些神鷹沒有把屍體順利食完，為了避免帶來不吉利的兆頭，天葬師則必須奮力地再次煨桑祈禱，請求鷹鷲繼續吃食。

鷹鷲可知那不是牠們的獵物，不是獻祭，而是藏人們長久以來對神對自然的回歸的允諾。廣場內，最後留下了一灘餘血和殘毛。吃撐的鷹鷲拖著雙爪在場中左右搖晃，還有的鷹鷲覬覦地展翅在半空騰旋。血腥的氣息迴盪空中，久久不散，滲透你的記憶中，匍匐在每個毛孔上。

一場生命從有到無，又從無至有的過程，膚肉裡有些微微的痛楚。這是真的嗎？是幻覺，亦或是你當場觀臨的切膚之痛？但死人哪裡會痛，不過都是你的想像罷了，你對於肉身仍是一種執念。但你竟有些甚麼從內部裡悄悄融解，並感到一股暖流。死亡所給你的暖流。他們在草原上奔跑，在帳棚裡打酥油茶，在寺院前磕頭，然後回到這裡，死亡。

無所不在的佛家有言：「願凡夫的言語，無礙聖眷的飛翔。一切護法的哀憫下，願有緣的讀者，願你的眼神保持應有的肅穆。你的嘴唇溫熱，不要讓脫口而出的聲響，驚動沉寂中無常的輪轉。」

嗡嘛呢叭咪吽，無常的輪轉。當這場儀式結束，沒有任何人應該感到哀傷嗎？該如何悼念充塞在大氣中那久久不散的魂靈呢？也許對西藏人來說，死亡並非生命的終結，而是預示新生命的開始，所以他們才能無眷無顧地捨下死後的大體，進入自然鏈的循環，這種方式似乎更完滿實踐了用肉身作為布施的精神。

塵歸塵，土歸土，接受天葬的人歸於天，有空翺翔。萬物息息相關，從可見到不可見，從生至死，從破碎到完整。

你突然多少有點領悟了那肉體最終的消逝，不過是轉換一種形式，重新演現在人間，激起一種超越肉體層次的神諭。那滿山滿天活躍躍的鷹鷲身上，此刻都帶著獻身者的一部分，獻身者無所不在。鷹鷲是家人。一個結束扣連著無數的開端，鷹鷲展翅所劃開的天際，是創傷後的縫合，黑暗強制再生的光明。

曙色頓開，回程的路上，另一隊天葬的人馬正準備趕赴天葬場。你在狹窄的山徑中讓道時，再次看到一個蜷曲的包袱，它輕輕擦著你的臂膀而過，輕輕的，祇是你這一次更不會看清楚它的模樣。

那行列裡，突然有個男子轉過頭問你：「有沒有上天葬台睡一會？」睡一會？你不解其意地看著他。他似真似笑的態度回答：「睡過才有保佑啊！這樣表示你以後可以死得很好。」面對這處之泰若的表情，你悵然自覺到底如何也還無法像他們那般知命，儘管人生盡頭，那已是一條被認許和祝福的歸途。

那是生命赤裸裸的示展，從有到無，又從無至有，你正面對一個踟躕的分界點。你的肉還是溫的，身骨還是硬的，你去思索輪迴，而輪迴留下了你，留下的人，是為了一份完整的體會。然而，眼前的天空祇是亮晃晃的有些暈眩。

之十七

雪域告別

最後的最後，稀疏的人潮散去，
你仍佇立在四處無人的廣場中央等待，
等待視野慢慢被黑暗逼退，
在這一個遙遠遙遠的地方，
終於——終於你肯放心地大哭一場。

等待時刻遲遲至近午時分，你把單車從招待所的二樓扛下。天色並不明朗，遠方有雲層層捲狀堆疊，空氣裡流動著某種不安的騷動。你跨上了車，呼吸微恙，心情反覆地猶疑。你再一次從頭到腳仔細地檢查身上的裝備，一直擔心自己是不是大意遺忘了甚麼。彷彿有，又好像沒有。然而，你決定甚麼都不管了，你仍要出發，出發完成這計畫中最後一段騎行的路程。

「最後」，最後是怎樣的心情，你知道嗎？騎行過程，你還在想著這個問題時，風雪卻以你尚不及準備面對的速度，突如其來的降臨。那麻雀清脆的啁啾聲猶然在耳，但不見羽影，原來竟都紛紛躲在路旁灌木叢中的縫隙。你不禁懊惱著，本以為可以滿懷充沛的期待來完成行程的尾聲，以為可以⋯⋯

三一八國道兩側的路樹葉子幾乎掉光，落地圍成裙帶，深深覆蓋住樹幹底部錯雜的根脈。有些零星的枯葉飄落路心，往來急駛而過的汽車便將它們一揮，掃到兩旁，堆起成列的葉骸如一壟壟的孤墳。路上淺淺的積雪，由白漸次轉灰，隨即又覆蓋上一層新雪，掩飾車轍的痕跡。

雪，愈下愈大了。你愈踏愈慢。（朋友們都在談論著，西藏的冬天如何如何，有人說，太冷了，你不可能忍受的；有人則勉強基於長年的情誼，不忍澆你一頭冷水，祇好獻上祝福與鼓勵。）

拉薩河靜靜地流淌，儘管河邊的水結了一層透明的冰霜，河心的水仍從容地流著，拒抗時間的變化。草原枯槁僵斃，但仍有三兩群牛羊信步低頭尋找咀嚼的生機。你持續踏行，風雪增強到遮蔽視線安全的距離了，路面也堅硬了起來。過松贊干布[1]的出生地，不停。過往甘丹寺[2]的岔路，也不停。沒有甚麼再能打擾你祇想趕赴拉薩的決心。

午後三點多，已是放學的時刻？還是因為雪天，而提早下課呢？沿路開始出現了小學童的身影，他們瑟縮在圍巾或衣領中步行，有些站定正好奇地看你，有些激動得在原地又叫又跳放聲「哈囉！哈囉！」喊你，渴盼你們之間的眼神相互交會。你於是放慢速度讓他們準確看到你的微笑後，才放心離去。

寺院裡的紅衣喇嘛立在門外，高舉著酥油花燈彷彿在對你敬酒，袖口迎風呼呼地鼓盪裂響。你感到好奇的是，那盞在他掌心的燭光為何沒有被風吹熄。

你聽見雪片交錯摩擦在空中窸窣的聲音，還夾雜著學童搖手的吶喊，細微而強大，穿破冷冽的溫度，你的意念飽滿，輕易就揚棄了剛遇雪阻時那般失落的情緒。「到底下雪也不算一件壞事。」你想，突然感到一種全新的體念，和你之前遇雪的經驗絕對不同。你這次反倒希望看風雪能怎麼下怎麼吹，看它能如何摧折你的意志？都不能，它瓦解不了你。你知道你無論如何今日都能到達拉薩，祇是早晚的問題而已。

想到這，你忍不住停下車，掏出口袋裡硬化的饅頭，大力地咬啃兩口，反覆咀嚼，嚼出了一些滿足的感覺。你又抽出胸前夾藏的一本小小黑色羊皮製裝的筆記，才剛翻開扉頁，清白的雪片便落降在褐黃的頁面上。筆尖與雪一交觸，一筆一畫的文字線條瞬時就暈染成一圈墨藍，彷彿滲出了過多的心事。

其實你尚未完成既定的旅途，卻已在設想關於告別的種種，深怕當真正臨別的那一刻情緒過於奔竄，你將無法完整記憶。

你望向延伸在山脈深處消失的公路，把流眄的記憶調校到定格。倏然一隻烏鴉挾著雪勢飛落，淒厲地呱叫，在白茫茫視野裡像一滴不祥的黑血。從提筆到結束，約莫半個小時，你思緒翻騰地坐在路旁的雪堆，寫詩「雪域告別」。那是「酥油的情調，溜溜的情歌」；那是眼前的風景，蒙太奇的組合。或者那「雪域告別」祇是你自己眷戀的想像。詩迅速寫完，你有種釋放開懷的感覺，但似乎也有種等量的懊悔，更甚開懷也說不定。

畢竟你能寫的，可寫的，當你下筆追逐的那一刻，難道不也是證明失去的時刻嗎？那未能寫出，道出的，永遠都比寫出道出的多更多。這留得住與留不住的一切都已成為你生命的一部分。

你小心翼翼地將這些記憶收攏進本子，藏回胸前的衣服夾層，繼續西行。望路遠近，車胎緩緩向前滾動，但知每一步的出走，都是回歸原生的土壤。流逝的開端已啟，光影時強時弱呈現交替。你似乎休息過久了，四肢有點僵硬遲鈍，突然遇到一處結冰的路段閃避不及，便重重側滑摔倒，屁股一陣刺痛冰涼。你無奈起身拍拍調侃自己一番。

這應該是最後一次跌倒了吧。你憶及以往艱苦越過的幾座山巔：白馬雪山四二九二，紅拉山口四三二〇，拉烏山口四三三八，覺巴山口三九三八，東達大山五〇〇八，業拉山口四六一八，安久拉山四四六八，色季拉山四七〇二，米拉雪山五〇一三。一千八百多公里的旅途啊，你懷念那些崇山峻嶺之後的失速俯衝和與風競飆的下坡，淚與汗反覆交織的日子。你看見你與他們揮揮手了。

過了達孜縣城，你依然沒停，距離拉薩僅剩最後的二十公里。額頭微微冒湧著細汗，腳下努力維持著每小時十二公里的速率。時間到了某個點後，不再必然是愈久愈長。時間若失去空間便不存在。時間因空間而產生了差異，似乎就沒有一個相對的標準，除了你和自己，山脈與天空。

雪漸漸小了，天色廓清。心中的背景音樂逐漸被車輛聲吞沒，愈接近拉薩，車輛也愈來愈多，拖拉機後座堆滿兩層樓高的木材噗吱噗吱響著，麵包車塞滿大小人身呆笨地搖著短短的尾翼……。你與拖拉機競速，那些坐在木材上顛簸晃搖的女人青年小孩，無聲地一直望著你。陽光逐次從雲霧中撥開。

天居然晴朗了，陽光大放。你覺得冥冥中好似一場故意捉弄你的安排。最後的五公里，布達拉宮就遠遠矗立在群山的夾縫間，赭紅的宮殿冠著鎏金的屋頂，屹立在一片白色建築的底座上，彷彿一個小小的玩具城堡，並不是真的。你停車，摘下墨鏡，揉一揉眼睛，為了再確認一次。

你不再懷疑那矗立眼前的具象，輕輕啟動著嘴唇說：「到了。」然後又問自己：「那是回家的路嗎？」便苦笑了起來。你拿出肥皂與毛巾在路邊的小河莊重地梳洗面容，這次你想用觸感光潔的額頭去面對這新的舊的世界，想改掉以往在路途上的蹙眉污濁，想借著冷冽的河水浸涼滾燙的心。梳子總卡在你夾雜沙塵的髮際間，你狠力地一刷一刷，儘管扯下了大筆烏黑失去光澤的長髮。

睽違了兩年多，你終於又來到拉薩。越過拉薩河大橋，進城，布達拉宮竟悄然消失眼前，被四周的建築物完全遮蔽。你摸不清方向，不禁著急了起來，但你不想問路，不想開口，你要憋住自己進拉薩後的第一句話。

你匆匆穿過比過去的印象裡更加擁鬧的市區，穿過人群，穿過車潮，憑著一股直覺，快快地往前騎踏，彷彿聽見一絲絲細微的召喚──「找我，找我，來找我。在山阿間，在寺廟前，在寶塔後。」──你終於來到她的跟前了。

佝僂的老藏婦獨自在人行道上對著布達拉宮膜拜磕頭，街上人來人往，卻沒有一個人經過時仰頭望看這座偉大的歷史宮殿，也沒有一個人留意過那老婦卑微的身影。你在她的身後留佇了一會，便跨過馬路走到對面廣闊的人民廣場。

在廣場上，你前後左右來回挪動，祇為了期待一個令你感動的視野角度。幾位攝影攤主，手上拿著一台即可拍相機，一本相簿，向你展示著那些被他們用藏族服裝妝扮過的遊客的照片。照張相，十元。他們見你不為所動，馬上變成八元，七元，五元。你點了一根菸，坐下來。早先騎踏時的激動，不知為何竟悄悄地消逝無蹤。難道是因為雪停了的緣故嗎？你的心情平靜到讓自己都覺得分外地訝異。是不是缺少了甚麼，難道到了就祇是到了而已？

你想像自己原本會意氣風發的模樣，卻被眼前一臉平靜無常的自己推倒那樣的想像。你懷疑自己在心底是不是埋藏了敏感而不可透露的深情。你又抽了兩根菸，彷彿在等待甚麼。然而，甚麼也沒有。

你祇好拿出相機，在鏡頭框裡看布達拉。反覆照了幾張宮殿的相片，皆不滿意。你轉而決定照自己。你將Panasonic腳架立好（朋友都在背後討論你會在哪裡放棄，說你無法到達），將Olympus相機鎖緊架板上（等會該住哪裡，晚餐該吃甚麼，要打電話給媽媽報平安，姊姊的生日過了……），你站定後想故作意氣風發的姿態，卻僵硬痴傻地微笑，一手還拉著不斷鬆滑的褲頭（你的人生因此而改變了嗎？他媽的，一旁幾位攝影攤主居然敢偷笑你）。

自拍了幾張，你也皆不滿意，於是牽著車一起入鏡（該振臂歡呼嗎？不要不要，那樣更傻）。人生到底不能像拍照一樣，喊卡就卡，說重來就重來。你試了幾次後就不再玩，敗興地接受了自己本來的醜態，也甘願承認了的確沒有甚麼能激動你的心情。從出發至到達，你默默細數著近五十個騎車的日子。「最後」是怎樣的心情，最後你知道了祇有最後才能回答你。一個永遠巍巍立在山脈上的城市，標高三六五八米，她到底是不是你的終點呢？

最後的最後，稀疏的人潮散去，你仍佇立在四處無人的廣場中央等待，等待視野慢慢被黑暗逼退，在這一個遙遠遙遠的地方，終於——終於你肯放心地大哭一場。

註記

1 藏王松贊干布，約在西元七世紀初，統一西藏雪域上分裂部族，建立吐蕃王朝。其在位期間，創造藏文字，統一度量衡，並興建布達拉宮。他最為人熟知的是，迎娶尼泊爾赤尊公主和唐朝文成公主，並奠定了藏傳佛教的基業。

2 甘丹寺是黃教六大寺之首，為黃教格魯派創始人宗喀巴於西元十五世紀初年所籌建。

尾聲

到了拉薩後，你住在北京中路上一家新開幕的青年旅館。由於已是旅遊淡季，掛著彩球的旅館顯得非常寂寥冷清。你可以自由地選擇入宿房間，不必再侷限跟甚麼陌生的旅客分床共住。你挑了一間二十多坪大的空房通鋪，在房間迎窗的角落下，你搭起帳棚，把自己靜靜地關進裡面。

你又感冒了，猛流著鼻涕，但你也不管它，任憑它胡亂作怪。整整三日，除了一日兩餐睡到自然醒來到外頭覓食，你都昏昏沉沉地窩在黃頂的帳棚裡，默默寫字，愣呆，也沒人來打擾。你甚至一天說不到十句話，難得一遇機會說話，聲音倏忽就遭寒冷的空氣稀釋了。你覺得人其實不用說話也是可以過活的。

大雪下於子夜。一日夜裡，你驟然聽見窗外沙沙地響，起初你不知道那是甚麼聲音。爬出帳棚外，窗上的玻璃滿布著水氣，於是你用手抹開一道向外透視的痕跡，便看見縱橫的白雪沙沙地刷著黝黑的天穹。

你佇立在明淨的窗前，背手看雪，竟深深地感動著。是誰說「雪落無聲」呢？雪在半空中席捲，騰躍，迅速翻滾自己，獨立地發出聲音，並不依藉與任何物體的碰撞才發聲。它的聲音像滿山搖曳的樹海，又像大海洶湧的波濤，沙沙沙地，既激越，卻也有種浩瀚的寧靜。你的心情有些複雜，因為你已經不必再為高原風雪的事而憂慮了。

隔早醒來，雪止。旅館的中庭，積著一層厚厚的白雪。服務員大喊著：「哇！哇！這是今年最大的一場雪。」

你走到大街，馬路上的清潔工有說有笑地掃著雪。準備營業的店家前，年輕活潑的員工一邊剷著雪，一邊玩著擲雪球的遊戲，還一邊縮著脖子「唉呦！唉呦！」叫著。上學的孩童牽著母親的手，使勁地踏著步伐，硬要踩出一道長長可愛的足印。看來這第一場大雪，帶給人的多是讚歎與興奮，你從未想過常年身在雪域的居民們，竟也會有和你一樣悠適賞雪的興致。

修理好後輪齒盤變速器，單車恢復以往凌厲的二十七段變化，你又把單車仔細地擦拭一遍，彷彿替你心愛的女人擦澡般的無限溫柔。然後，你在附近幾間背包客經常下榻的旅館內，貼出賣車告示。

「不會捨不得嗎？」你問著自己。「他畢竟陪你辛苦冒險走過那麼多路途，你怎麼捨得呢？」不要再問了，好不好？你反覆地告訴自己，你已無法將他帶走，你已付不出額外的運費，帶他回國。你衹能期盼他能遇上一個更好更懂他的人家，其餘的，就毋須再多想了。

兩天後，果真有位女人敲你的房門。她說她有位朋友想買你的車，可否先讓她看一下呢？你於是牽著車給她看。過了半個小時，買主出現——一位來自北京駐藏地的工程幹部。他看了，也試騎了你的車，詢過價錢，便轉移焦點。他邀你出去走走。

他請你吃午餐，又帶你走色拉寺後門（逃過買門票的錢），遊蕩整個下午。他終於開口了：「便宜些吧？算交個朋友。」你要他自己衡量，他倒也沒有佔你多大的便宜，衹敢減了你兩百元，一千八百人民幣成交。

回到旅館內，你收拾著單車和一切的相關物品，衹留下一條乾涸血跡的騎乘褲。他問你：「要拍照留念嗎？要騎他最後一次嗎？」你皆說不用。他又邀你晚上去朗瑪廳（藏族舞廳）逛逛慶祝，你衹回說你想自己靜一靜。

最後他很高興地說：「你還待幾天吧！我有空會騎車來看你的。」表面上，你點著頭，但你心底卻默默希望他千萬別再來找你了。

車就這樣賣了。你不禁凝望著他曾經待過的角落裡，如今一片空空蕩蕩的，突然感到一陣空虛，淚很不爭氣又掉了，你狠狠磨著牙齒，覺得自己窩囊得怎麼甚麼都留不住啊。你用了這筆賣車的錢，到民航站購買飛往成都的機票，一千四百八十元，日期是，二〇〇四年十二月三日。

二〇〇六年，某個春末晚間，你的電子信箱裡捎來一封陌生的信。那信件裡的內容：「謝謝你的單車。半年前，我失戀了，於是我開始學著騎單車流浪，從成都出發騎到珠峰，花三個多月成功了。現在我回到北京，發一張單車在珠峰上的照片，與你分享。」

你激動地看著那張照片，果真是「你」的單車，一點都沒有變。想不到他一年多後，竟到達所有登山探險者都嚮往的最高的聖地——珠穆朗瑪峰——世界的峰頂（八八四八米）。雖然那張照片實際上是在珠峰五千多米的登山大本營附近的留影，不過，你仍舊佩服著那北京仁兄的果敢與毅力，他甚至騎得比你更遠更高，彷彿繼續延伸著某種遙遠遙遠的意志和夢想。

一想到那「夢想」，你不禁就感到自己的腳沉了，身體卻輕輕地飄起來。

後記

有一年，時近中秋，印度北方喜馬拉雅山區卻仍未脫離滯留已久的雨季，繼續盛產著土石流。天剛破曉，我擠開周圍睡倒的乘客壓來的身體，把背包扔出徹夜停困在坍方路斷的破巴士外，接著爬上窗口，跳車。我又開始一個人走路找路了。

那一年印度之旅，我從夏季走到秋季，從恆河的出海口，沿著大河一路上溯，穿過平原，翻越一坡又一坡的土石流，也不知道前方到底有沒有路？伴著頭暈耳鳴嘔吐，直到爬上恆河在喜馬拉雅山脈海拔四二〇五公尺高的冰川源頭。我竟才遲遲頓悟——這趟回溯的行腳，根本就是一場從「源頭」走向源頭的旅程啊。因為那裡的每一方水，莫不幾乎都是來自大海遙遙吹來的季風，化作了霧，降下了雨，再凝結為冰，裂解成眼前白水翻捲不斷的川流，又重新朝向大海。

也不曉得是不是巧合。後來，我才又知道準確的恆河源頭，若就地理學而言，那活跳跳的河水還要穿越北方重重疊嶂的喜馬拉雅山脈，發軔於西藏神山岡仁波齊峰腳下，而那剛好就是最初（大三那年）我去「轉山」的所在。

這些，大概都跟《轉山》的內容不太相關，但無非都是曾經的我，那個「你」，流浪西藏後的震盪效應所帶來的啟發，轉變，和影響。

《轉山》引發的迴響，我往往有些吃驚。它發行簡體，並在大陸改編成電影。而真正令我訝異的是，竟有讀者告訴我，她從國高中至大學到進入社會，總又會拿起它重讀；因為書的緣起，也去轉山，去流浪，徒步或騎單車環島；還有些創作者與我分享，也名之為「轉山」的樂曲，錄像作品等等。我始終覺得自己多沾染了他們的力量與光澤。

這次新版裡，捨棄了原先圖文穿插編排的模式，希望能回歸到更質樸的閱讀，文字可能觸動的無邊想像。

特別感謝詹宏志先生百忙中執筆作新序。記得十三年前，詹先生現身《轉山》新書首場發表會給我的鼓勵，永遠驚喜難忘，而今不辭撰文，對我而言，恐怕是任何文學獎項都難以取代的肯定。

再次衷心感謝專文推薦的老師，我一向敬愛的典範：楊牧老師（一九四〇～二〇二〇）、盈盈師母，林懷民老師，蔣勳老師，陳義芝老師，劉克襄老師，郝譽翔老師，駱以軍老師。

感謝雲門「流浪者計畫」，及施振榮夫婦長年對「流浪者計畫」的支持。

感謝時報文化總編輯文娟，從我開始寫作以來一直對我的包容與厚愛，倘若沒有她傾力推動《轉山》、《走河》兩書，勢必難以相聚；謝謝副主編宏霖，多誠企畫經理，又熬夜加班，伴我逐一檢視問題，細讀審稿。

謝謝摯友：晴怡，品秀，耿禎，始終為我敞開諮詢的大門；還有那些我來不及一一致謝的師長朋友，以及親愛的家人。

我不會忘記林懷民老師說過的話：「創作應是生死以赴的志業，而不是邁向他種飛黃騰達的敲門磚吧。」我借他來獻給每一位在路上追尋不懈的人。

二〇二一年元月桃園楊梅

轉山——對著靈性的大山反覆繞走的儀式

西藏人相信，
遭遇苦難的人藉此將能得到罪愆的洗脫與身心的淨化。
轉山者，必須捨卻己身私慾，僅為他人祈福而行。

梅里雪山和明永冰川。

你想要到一處人煙罕至的世外桃源，
在那裡，有獨特的傳說，
原始的曠野，熱情樸實的人，
把你擁入他們的懷抱……

瀘沽湖的走婚橋。

你努力撐開雙臂想丈量雪山縱寬天地的幅度，

先往前走，又往後移，來來回回，反反覆覆，

找尋一種適切的距離，一如裁縫師專注量衣時的謹慎小心。

可任你再怎麼拉展手臂，拉到兩臂已達痠麻的程度，

也無法盡情收攏住這連帶的群脈。

它像是信仰。

西藏
2 B
国务院
1997年

你原以為祇要跨過了這一步，
生命將有所不同。
當跨過這一步，
你或許就不是你，
而是另一個
真正可以去冒險犯難的人。

「所有設下的邊界，都只為了跨越。」

紅拉山自然保護區。

峽谷裡許多山中小車無法行車，

看熱鬧的孩童，嘻嘻哈哈地跟著。

也許，到那一處鋒刃的脊線上，果真有些甚麼值得期待，
但也可能甚麼都沒有，
祇有孤落落的你，等待橙紅的夕陽順道把你也給染紅了。

紅土路旁笑得燦爛的學童。

在竹卡村，遇見歇息中的康巴朝聖團，
抓糌粑，切犛牛肉，熱情地請你吃。

穿過深秋的大草原，
再往眼前盤山迤邐的道路邁進，
你已經踏入怒江峽谷的領域了。

恍若從一場夢境走出，感官裡顫抖不已。
留下一些傷痕與回聲，

草原枯黃，
一切的峰頂，一切的沉寂，
你開始思念著荷葉親吻露珠。

波密帕隆藏布江畔。

她們的動作三步一個循環，
唇裡喃喃誦著六字真言，無有間息。

塵歸塵，土歸土，接受天葬的人歸於天，有空翱翔。
萬物息息相關，從可見到不可見，
從生至死，從破碎到完整。
你突然多少有點領悟了那肉體最終的消逝，
不過是轉換一種形式，重新演現在人間，
激起一種超越肉體層次的神諭。

也許對西藏人來說，死亡並非生命的終結，
而是預示新生命的開始。
你去思索輪迴，而輪迴留下了你，
留下的人，是為了一份完整的體會。

腳下的踏圈不停地在原位繞轉，轉啊轉，
你也跟著祇是不停地轉啊轉。
風景在前，而你在後，永遠的若即若離。

你能寫的，可寫的，當你下筆追逐的那一刻，
難道不也是證明失去的時刻嗎？
那未能寫出的，道出的，永遠都比寫出道出的多更多。
這留得住與留不住的一切，都已成為你生命的一部分。

作家作品集 0095

轉山

作者——謝旺霖
副主編——廖宏霖
責任企劃——金多誠
封面暨內頁設計——大觀視覺顧問
內頁排版——立全電腦印前排版有限公司

總編輯——曾文娟
董事長——趙政岷
出版者——時報文化出版企業股份有限公司
一〇八〇一九台北市和平西路三段二四〇號七樓
發行專線—(〇二)二三〇六六八四二
讀者服務專線—〇八〇〇二三一七〇五
(〇二)二三〇四七一〇三
讀者服務傳真—(〇二)二三〇四六八五八
郵撥—一九三四四七二四時報文化出版公司
信箱—一〇八九九臺北華江橋郵局第九九信箱

時報悅讀網——http://www.readingtimes.com.tw
時報文化臉書——https://www.facebook.com/readingtimes.fans
法律顧問——理律法律事務所 陳長文律師、李念祖律師
印刷——和楹印刷有限公司
著作完成日期——二〇〇七年十月
初版一刷——二〇二一年一月二十二日
定價——新台幣四二〇元
(缺頁或破損的書，請寄回更換)

時報文化出版公司成立於一九七五年，
一九九九年股票上櫃公開發行，二〇〇八年脫離中時集團非屬旺中，
以「尊重智慧與創意的文化事業」為信念。

轉山/謝旺霖著. -- 初版. -- 臺北市：時報文化出版企業股份有限公司, 2021.01
面； 公分. -- (作家作品集；95)

ISBN 978-957-13-8530-3(平裝)

863.55　　109021718

ISBN 978-957-13-8530-3(平裝)
Printed in Taiwan